Peter Orthofers Sexkoffer

Der unentbehrliche Begleiter
in allen Liebeslagen
für jedes Geschlecht

Illustrationen von
Erich Ballinger

Ueberreuter

Die Deutsche Bibliothek – CIP-Einheitsaufnahme

Orthofer, Peter:
[Sexkoffer]
Peter Orthofers Sexkoffer. – Wien : Ueberreuter, 1991
ISBN 3-8000-3395-X

AU 181/1

Umschlag und Illustrationen von Erich Ballinger

Printed in Germany

Inhalt

I. GRUNDSEXLICHES

II. NEBENSEXLICHES

III. TATSEXLICHES

IV. ZUSEXLICHES

I.

GRUND-
SEX-
LICHES

Schon wieder Sex?

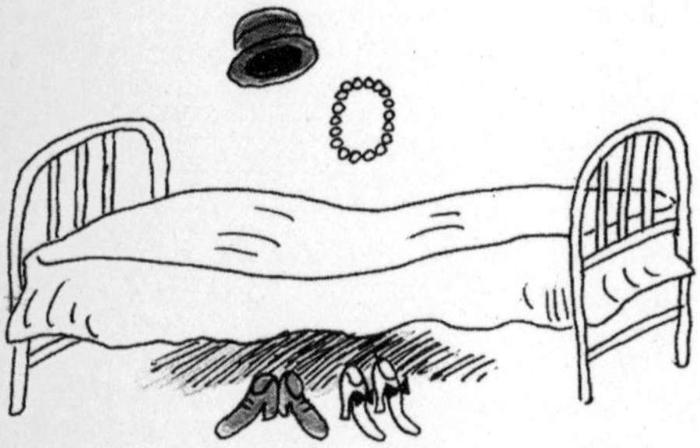

In Österreich sind bereits diverse Sexkoffer unterwegs. Vor allem die traurigen Pappköfferchen, mit denen uns das Unterrichtsministerium und das Familienministerium die Freude an geschlechtlicher Heimarbeit vermiesen will. Wesentlich interessanter, aber leider ein Einzelstück, ist der rote Schweinslederkoffer, den die gefürchtete Domina Marion P. bei einem Hausbesuch im ersten Bezirk vergessen hat, aber der geht nur gegen eine größere Barablöse bei den einschlägigen Greisen von Hand zu Hand. Im Sexualbereich klafft also noch immer eine Lücke, die letztendlich nur von einem Menschen gefüllt werden kann, dessen hohe moralische Maßstäbe ebenso außer Frage stehen wie seine schmutzige Phantasie.
Nun hat es der Autor, als Philosoph und Frauenliebling bekannt, unternommen, einen kompletten Sexkoffer zwischen zwei Buchdeckeln unterzubringen. Auf den ersten Blick scheint dieser Versuch gelungen. Auf den zweiten erst recht! Zum erstenmal gibt es ein Aufklärungsbuch, das man auch Marilies Flemming, Hilde Hawlicek und anderen ahnungslosen jungen Menschen unbedenklich in die Hand drücken kann. Ein Buch, das auch interessierte Laien vom Nebenerwerbszuhälter bis zum Weihbischof behutsam mit den Geheimnissen des Trieblebens vertraut machen will.
Muß das wirklich sein?

Diese Frage beantwortet sich von selbst, denn die Regierung hat in diesem Bereich völlig versagt. Ein Lustgewinn ist auch im nächsten Budget nicht eingeplant. Die

öffentliche Hand ist nicht einmal zu einem Vorspiel zu gebrauchen. Bürgermeister Zilk hat in einem Notariatsakt hinterlegt, daß er keine neue Stellung mehr einnehmen möchte! Und Minister Streicher tut alles, um den Verkehr von der Straße auf die Schiene zu verlegen – aber was sich zu den Stoßzeiten im Bett abspielt, ist ihm anscheinend völlig egal.

Die Liebestöter, die bei uns das Sagen haben, haben versagt. Nur eine völlige Reprivatisierung des Geschlechtslebens kann der rettende Ausweg sein. Doch auch auf diesem Weg braucht man einen kundigen Führer – und wie so oft in hoffnungslosen Fällen muß Peter Orthofer dafür herhalten. Nicht zu Unrecht gilt er als gnadenloser Erforscher von Ursache und Wirkung der Libido und anderer unsagbarer Schlüpfrigkeiten. Jahrelang hat er sich dem Studium der Erotik hingegeben »mit den bescheidenen Mitteln, die ihm die Natur verliehen hatte, und oft bis zu den Grenzen des Erträglichen«, wie sein Biograph Eckermann schreibt. Aber sein Opfer hat sich gelohnt, denn das Ergebnis ist ein »Sexkoffer«, prallt gefüllt mit Fakten, Ezzes und Lebensweisheiten, die dem Umgang von Mann und Frau viel von seiner abstoßenden

Peinlichkeit nehmen können. Hier wird kein Blatt vor den Mund oder andere Organe genommen, sondern in schonungsloser Offenheit enthüllt, was die Bienen wirklich mit den Blumen tun – und warum uns das eigentlich ganz egal sein kann. Hicr werden Tabus gebrochen wie frische Salzbrezeln und Dinge ausgesprochen, die Sie bisher nur im Dunkeln zu denken

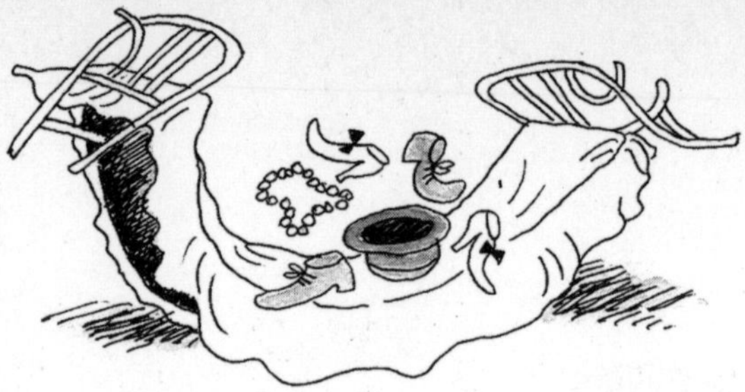

wagten!
Da laut Statistik die meisten Österreicher nicht mehr lesen können – oder, wenn schon, zumindest das Gelesene nicht verstehen –, wurden diesem Werk zahlreiche Illustrationen beigefügt, Bilder, wie sie früher überhaupt nur stückweise im guten Aphrodisiakahandel erhältlich waren.
Endlich also ein Buch für Erwachsene, ein Koffer für alle Österreicher. Die handsignierte Luxusausgabe komplett mit Wasserbett, spanischer Fliege und eingebautem Bornemann ist allerdings nur gegen Vorweis eines gültigen Leumundszeugnisses erhältlich (inklusive Kofferkuli). Aber Sie werden auch beim Gebrauch dieser einfachen Volksausgabe feststellen: es ist doch ganz etwas anderes, einmal mit einem guten Buch ins Bett zu gehen als mit einem miesen Liebhaber.

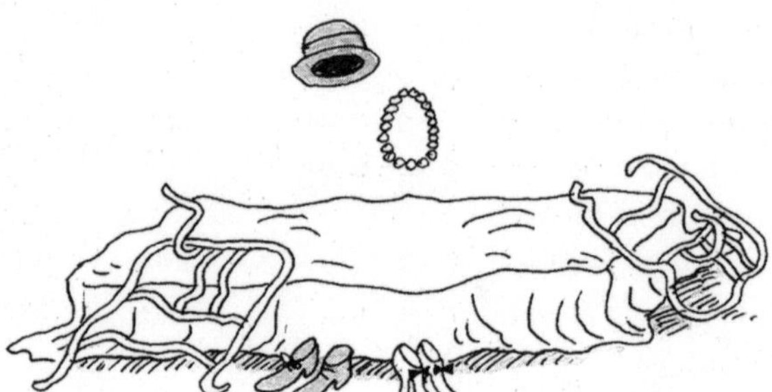

Tut Aufklärung wirklich noch not?

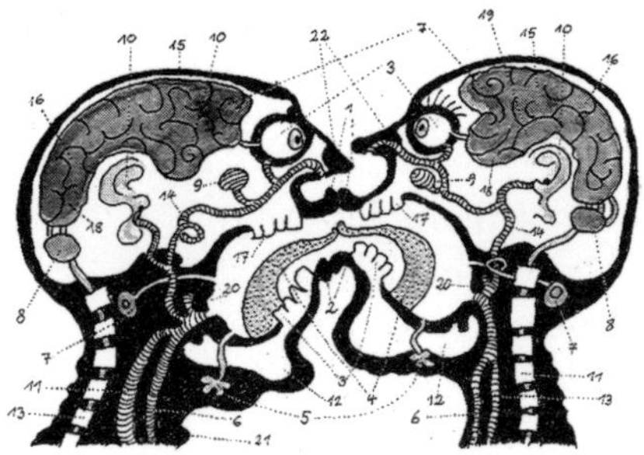

Diese Frage muß leider bejaht werden, denn die Ahnungslosigkeit in aller Welt nimmt ständig zu. So fand das englische Meinungsforschungsinstitut Gallup folgende Tatsachen heraus:

- Jeder fünfte Mann kennt die körperlichen Unterschiede zwischen den Geschlechtern nicht.
- Jeder zweite hat keine Ahnung von Verhütung.
- Jedem dritten Mann ist der weibliche Monatszyklus unbekannt.
- Und jeder dritte Mann denkt auch, daß Frauen nur dann schwanger werden können, wenn sie einen Orgasmus haben.

Nun, da stehen den Herren der Schöpfung ja noch einige Überraschungen bevor.
Wir konnten diese Horrorzahlen der Ahnungslosigkeit nicht überprüfen, da sich das Orthofer-Institut lieber mit der Durchforschung von Frauen befaßt. Aber auch da gibt es Erstaunliches zu berichten. Unser Mitarbeiter vor Ort hat Beweise dafür. Aus Sicherheitsgründen darf seine Anonymität hier nicht gelüftet werden. So kennt man ihn auch in seinem Arbeitsbereich, sei es in oberbayrischen Himmelbetten, in thailändischen Massagesalons oder in den Schlafsäcken der grün-alternativen Bewegung, nur unter seinem Decknamen Lord Peter – wohl wegen seines aristokratischen Auftretens, seines dekadenten Charmes und der fürstlichen Summen, mit denen er kleine Liebesdienste entlohnt. Manche behaupten auch, dieser Deckname hätte angelsächsische Wurzeln, die auf Hobby und Arbeit seines Trägers hinweisen. Lord steht sozusagen für »drunk as a lord«. Der Vorname Peter hingegen wird oft als Ersatz für den Vornamen Dick ge-

braucht und bezeichnet dann das, was im Volksmund als »der Johannes eines Mannes« bezeichnet wird und bei gebildeten Menschen »Zebedäus« heißt.
Wer nun glaubt, er hätte Lord Peters Inkognito durchschaut und nach dieser Beschreibung jemanden aus seinem Bekanntenkreis erkannt, sollte das schnell wieder vergessen, es gibt bei uns ein Gesetz gegen üble Nachrede.
Aber zurück zur Aufklärung. Was hat unsere präservative Umfrage unter burgenländischen Frauen wirklich ergeben? Hier Lord Peters Burgenland-Report:

- Jede viermillionste Frau hält burgenländische Politiker für wahrheitsliebend und demokratiebewußt.
- Jede fünfte Frau kennt die Geschlechtsorgane ihrer männlichen Vorgesetzten nicht.
- Jede vierte Frau weiß nicht, wie die Geliebte ihres Mannes heißt.
- Jede dritte Frau weiß nicht, ob ihre Kinder wirklich von ihrem Mann sind.
- Jede zweite Frau hat keine Ahnung, wovon der Pfarrer spricht, wenn er vor Verhütungsmitteln warnt.
- Und ebenfalls jede zweite Frau glaubt, daß Männer immer können, wenn sie möchten.

Ja, es ist erschütternd. Die Tatsachen ersticken jeden Zweifel: Aufklärung muß sein. Auch wenn es Überwindung kostet, man muß den ganzen Schweinekram einmal auspacken. Die Herrschaft der Ahnungslosen ist bei uns ohnehin schon in der Politik der bestimmende Faktor. Sie darf es nicht auch noch unter der Bettdecke werden!

Die zwei Geschlechter

Es ist nicht leicht, junge Leute für den Sex zu begeistern. Die Jugend von heute sucht wieder mehr nach dem eigentlichen Sinn des Lebens, nach intellektueller Herausforderung und einem Hauch Romantik – deshalb stehen Computerspiele, Skateboardfahren und das Verprügeln von Ausländern bei der Freizeitgestaltung an erster Stelle. Um das notwendige Interesse am Sex zu wecken, genügt es freilich manchmal schon, wenn man den Anfänger auf eine kuriose Tatsache hinweist: es gibt verschiedene Geschlechter!

Einige davon sind inzwischen sehr berühmt geworden, etwa die Babenberger oder die Borgias, und doch sollte man sie schnellstens wieder vergessen, denn das Herumfummeln an Verstorbenen wird selbst in unserer toleranten Gesellschaft noch mit Mißbilligung betrachtet.

Auch mit Hermaphroditen, Transvestiten und Zentauren sollte sich der Anfänger nicht einlassen; man ist einfach überfordert, wenn man nicht einmal weiß, ob man zu seinem Partner er, sie oder es sagen soll.

Aber es bleiben immerhin noch zwei Geschlechter, die auch nicht ganz uninteressant sind: Mann und Frau. Eines von beiden ist fast jeder von uns. So abstoßend dieser Gedanke auch sein mag: Manchmal, wenn man den Badezimmerspiegel nicht rechtzeitig verhängt hat, kommt er einem doch wieder zu Bewußtsein. Auch wenn einen die Mitwelt jahrelang nur als Porschefahrer, Fernsehansagerin, Parteimitglied oder Türke betrachtet hat, kann irgendwo darunter noch das archaische Design von Mann und Frau stecken.

Selbst die dankenswerten Erfolge der Zivilisation – die uns im-

merhin noch rechtzeitig vor dem Waldsterben von den Bäumen geholt hat – konnten das Geschlecht noch nicht ausrotten.
Wer jetzt schon neugierig geworden ist, worum es sich dabei eigentlich handelt, sollte nur nicht in blinder Wißbegier das nächste Lexikon aufschlagen. Man muß sich diesem Thema behutsam nähern, denn schon mancher hat durch die Lektüre des Brockhaus einen Schock bekommen, den selbst die gütigste Puffmutter später nicht mehr ausbügeln konnte.
Da steht unter dem Stichwort »Geschlecht« nämlich auch: »Hilfsbegriff zur Einteilung von Kurven und Flächen. Das Geschlecht ist eine topologische Invariante. Auch in der algebraischen Geometrie spielt das Geschlecht eine große Rolle.«
Da hat sich ein junger Mensch gerade dazu bereit gefunden, es einmal mit der Pubertät zu versuchen, und dann kommt ihm solches! Kaum erblühte Knaben und Mädchen blicken einander an, und was sehen sie errötend? Eine topologische Invariante! Statt zu onanieren, üben sie algebraische Geometrie, bis sie dunkle Ringe unter den Augen haben. Da kann der Pfarrer noch so lange predigen, daß man durch algebraische Geometrie blind und schwachsinnig wird, der Geschlechtstrieb läßt sich nicht unterdrücken. Was soll aus solchen Kindern später werden? Mittelschullehrer, Universitätsdozenten, Sadisten, die ihre Opfer mit Zirkel und Taschenrechner foltern – Strandgut der menschlichen Gesellschaft.
In der Sexualkunde kennen wir zum Glück noch andere Geschlechter, die durch die kleinen Unterschiede zwischen Mann und Frau hervorgerufen werden. Leider wird der Unterschied immer kleiner. Friseure und Modeschöpfer haben viel zur Nivellierung der traditionellen Anhaltspunkte beigetragen, was besonders in lichtscheuen Lokalen zu phänomenalen Verwechslungen führen kann. Beim Aufriß in dunklen Discos weiß man wirklich nicht mehr, was man gerade erwischt, und muß schon froh sein, wenn der Kerl wenigstens gut küssen kann.
Auch die Politiker, die ja bekanntlich schon lange mit den Emanzen unter einer Decke stecken, bemühen sich wacker, die Ge-

schlechter gleichzuhobeln. In München will man die sprachliche Ungleichbehandlung von Frauen beseitigen. Man hat eigens die feministische Soziologin Anneliese Durst angestellt, um Dienstvorschriften und Verwaltungssprache zu entmannen. Weil es bisher »eine, dem Männlichen zum Vorteil gereichende Grammatikregel« gab. Damit ist nun Schluß. Statt der Lehrer ist nun die Lehrkraft angesagt, der Arbeiter wird arbeitslos, die Arbeitskraft übernimmt seine Stelle. Und was früher ein Mann war, ist jetzt eine Person.
In Österreich ist man noch nicht ganz soweit. Dabei wäre eine Lehrkraftbildungsanstalt und eine Arbeitskraftkammer wenigstens zur Muskelbildung empfehlenswert – zur geistigen Fortbildung genügt es, wenn man die »Arbeitskraftzeitung« liest.
Leider beherbergt auch das Österreichische Wörterbuch noch eine Unzahl von diskriminierenden Begriffen. Muß man wirklich noch immer Mannschaft sagen oder Herrgott? Kann man ein mannstolles Mannequin nicht endlich als persontolles Personequin definieren? Da bleibt noch viel zu tun, denn erst wenn aus einem herrenlosen Hund ein personenloser Hund wird und aus einem herrlichen Sonnenaufgang ein persönlicher Sonnenaufgang, wird der Gipfel der Dämlichkeit erreicht sein.
Ganz unvoreingenommen darf man jedenfalls sagen, daß bei der Gleichmachung der Geschlechter die Frau ein wenig bevorzugt wird. Sogar schöne neue Titel gibt es jetzt. Wer bisher nur Bürogehilfin war, darf sich nun »Kauffrau für Bürokommunikation« nennen. Wie alle großen Versuche der Behörden, in die Geheimnisse der deutschen Sprache einzudringen, ist dieser Ausdruck natürlich ein wenig verhatscht. Man kann die Frau nicht kaufen, und sie selbst kauft auch keine Bürokommunikation. Ihr Verantwortungsbereich ist prinzipiell gleichgeblieben. Aber Kommunikation klingt halt schöner als Kaffeekochen.
Allerdings, die grammatikalische Aufwertung des einen oder anderen Geschlechts bringt uns der Kernfrage nicht näher. Denn die lautet: Woran erkennt man das andere Geschlecht – und wozu nützt uns diese Erkenntnis eigentlich, wenn wir sie endlich gewonnen haben?

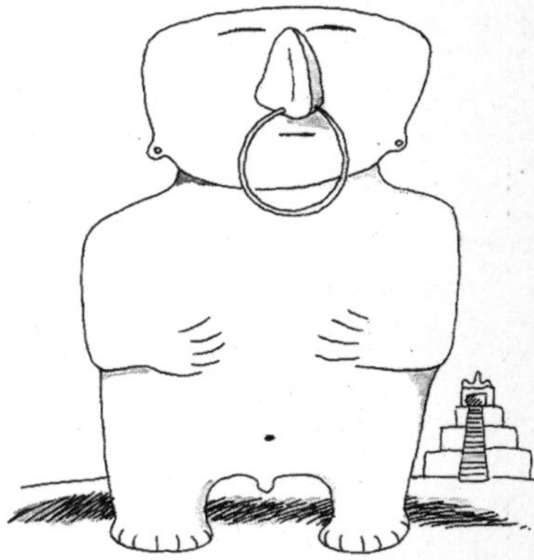

Der Unterschied der Geschlechter

Um den Unterschied zwischen Mann und Frau festzustellen, gibt es einige verläßliche Methoden. Wir Sexualforscher und andere sehr erfahrene Spezialisten können oft schon durch das bloße Anschauen oder Abtasten eines nackten Körpers blitzschnell feststellen, um welche Sorte Mensch es sich da handelt. Der Anfänger sollte sich vielleicht nicht gleich so weit vorwagen – aber keine Angst, im Grunde ist alles kinderleicht.

Schon Kleinkinder können das Geschlecht ihrer Kollegen mühelos bestimmen: Wer rosa Babywäsche bevorzugt, ist ein Mädchen und das Ding mit den blauen Strampelhosen ein Knabe. Tragen sie keine geschlechtsspezifische Kleidung, genügt manchmal ein Blick auf die Pampers-Packung. Wer mit dem Girl-Modell gewickelt wird, gehört wahrscheinlich zum weiblichen Geschlecht, das Boy-Modell unterstreicht die männliche Note.

In späteren Jahren ist die Unterscheidung nicht mehr so leicht. Rosa und Blau weichen den United Colors of Benetton, die Farbsignale fallen aus, und man muß sich nach neuen Bestimmungsmethoden umsehen. Die beliebteste war früher das »Doktorspiel«, das den Kindern Gelegenheit bot, abwechselnd ihre Geschlechtsorgane zu untersuchen.

Nun hat sich aber die moderne Medizin von diesen plumpen Vertraulichkeiten zwischen Arzt und Patient ein wenig wegentwickelt, und die realistischen »Doktorspiele« verlaufen heute folgendermaßen:

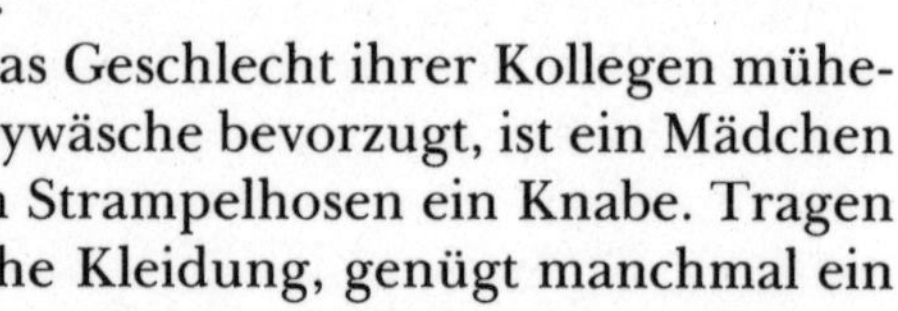

Nun ja, ein Golfplatz hat achtzehn Löcher, damit kann ein Kassenpatient nicht konkurrieren.

Wie kommt man nun dem Unterschied zwischen Mann und Frau wirklich auf die Spur?

Gründliche Menschen stellen zuerst einmal das eigene Geschlecht fest. Am besten im Badezimmer. Dort betrachtet man seine Füße, seinen Bauchnabel, riecht ein bißchen an den Achselhöhlen und beobachtet sich unter der Dusche, denn all das gibt wichtige Anhaltspunkte. Denn: 50 Prozent aller Männer gehen zu Hause barfuß, 28 Prozent reinigen ihren Bauchnabel nie, 100 Prozent vergießen jeden Tag zwei Liter Schweiß – und 33 Prozent singen unter der Dusche. Wenn das alles auf Sie zutrifft, sind Sie schon mit 211prozentiger Wahrscheinlichkeit ein Mann. Um ganz sicherzugehen, bleibt man dann noch drei Wochen im Badezimmer und entledigt sich schließlich der Unterhose (der Großteil der Männer wechselt die Unterwäsche nur alle drei Wochen) und tastet die entblößte Region ab. Wer dabei auf einen kleinen nudelförmigen Gegenstand stößt, der durch längeres Abtasten zu einem größeren nudelförmigen Gegenstand wird, darf getrost annehmen, ein Mann zu sein. Alles andere ist folglich eine Frau. Was sich übrigens leicht verifizieren läßt, indem man interessante Persönlichkeiten, hinter denen man Angehörige des weiblichen Geschlechts vermutet, ins Badezimmer bittet und denselben Tests unterwirft.

Zugegeben, man hat nicht immer ein Badezimmer dabei, wenn man die Frau fürs Leben sucht. Deshalb gibt es auch noch andere Methoden zur Geschlechtsbestimmung. Das Olympische Komitee arbeitet zum Beispiel mit Harn-Analysen. In Sportlerkreisen, wo man dabei gleichzeitig feststellt, ob der Athlet auch genügend Alkohol oder Kokain im Blut hat, um den nächsten Wettkampf durchzustehen, ist man solche Analysen gewöhnt.

Unter normalen Menschen freilich können sie, gerade beim ersten Rendezvous, einen kleinen Schatten auf die gute Stimmung werfen. Wir empfehlen deshalb dem Anfänger ein paar andere, ebenso erprobte Methoden zur Geschlechtsbestimmung:

In den Zillertaler Alpen: Frauen fahren besser Ski. Lassen Sie deshalb alles, was von Torstangen aufgespießt ist oder an Bäumen klebt, links liegen. Was runterkommt, ist eine Frau!

Am Nacktbadestrand von Ibiza: Professor Peter Behan hat herausgefunden: Frauen haben ein Hormon im Körper, das Fische anzieht! Wer ständig ein Rudel Haie auf den Fersen hat, ist eine Frau.

In Großkonzernen: Wer am weitesten von der Chefetage entfernt ist, ist eine Frau.

Im Fernsehen: Untersuchungen in Amerika haben ergeben: Frauen sind auf einen ganz bestimmten Rollentyp festgelegt. Diejenigen Lebewesen, die ständig halbnackt und dämlich dargestellt werden, sind Frauen.

Überall: Wer mit den letzten neurobiologischen Erkenntnissen vertraut ist, kann eine Frau auch unter mehreren Testpersonen orten. Der wesentliche Unterschied zwischen Mann und Frau ist nämlich, daß *er* vorzugsweise die rechte Gehirnhälfte benützt und *sie* die linke. Die linke ist für den klaren Verstand zuständig, für den Wortschatz und die Logik. Mit einem Wort: die Frau ist intelligenter.
Aber womit soll der Mann das beurteilen?

Unter diesen Umständen ist die an sich sauberste Art der Geschlechtsbestimmung noch ziemlich ungebräuchlich und wird wohl die traditionellen Methoden der Busengrabscher und Pozwicker noch längere Zeit nicht ersetzen können.

Sex beginnt im Mund

Sex findet heute zum überwiegenden Teil mündlich statt. Über Sex nur zu reden ist billig, schont die Glieder und ist überhaupt befriedigender, weil man mit dem Mund leichter Höchstleistungen vollbringt als mit anderen Organen. Und über Sex reden kann man sogar noch dort, wo ein kompletter Geschlechtsverkehr sonst als unschicklich betrachtet wird – in der Betriebskantine, in der Volkshochschule oder im Beichtstuhl.

Vorausgesetzt, man verfügt über den richtigen Wortschatz. Wer auf diesem Gebiet noch Nachhilfe braucht, kann die sexuelle Umgangssprache des deutschen Volkes aus einem Buch erlernen. Es heißt »Sex im Volksmund«, und geschrieben wurde es natürlich von dem unvermeidlichen Ernest Bornemann, zusammen mit wissenschaftlichen Experten wie Gerda Gasfabrik, Zwickmuschi und Senator Sparschwein. Gleich mehrere Seiten widmet der Sprachforscher dem Hauptzweck des Geschlechtslebens. Seither können wir »den Bachwalm versenken, ein Würstel riemeln, quindipsen, belaxeln, bridschigagadeln, guschedurmen oder nafkenen« – das klingt doch alles viel reizvoller als wie gehabt dahin zu koitieren. Ein paar obzöne Ausdrücke beleben die Libido ungemein. So könnten wir beispielsweise auch »DEISSEN«, was laut Bornemann dasselbe bedeutet wie »schlittenfahren, synchronisieren oder die Nase in fremde Angelegenheiten stecken« – also schon wieder koitieren! Nur steht dieses Wort jeden Tag groß in der »Kronen Zeitung« und kann deshalb den Liebhaber exotischer Sexbräuche kaum noch so richtig anturnen.

Freilich ist das Wörterbuch nicht komplett. So fehlen uns zum

Beispiel die Ausdrücke: klabautern, höllriegeln, moderieren, pfnzln, biskotten und rapunzeln, aber da wir sie gerade erst erfunden haben, konnten sie ja dem Volksmund noch nicht zu Ohren kommen.
Daß er so populäre Tätigkeiten wie »begatten, beiwohnen, beischlafen, es mit jemandem treiben, miteinander ins Bett gehen, ins Heu gehen, schlafen, Liebe machen oder einander lieben« nicht kennt, ist halb so schlimm. Solche Ausdrücke sind ihm wohl zu hoch.
Obwohl unser Bornemann ziemlich gebildet sein muß, denn eines hat er ganz richtig erfaßt: in der deutschen Sprache hat fast jedes Wort irgendeine Bedeutung. Und wenn man will, kann man ihm auch eine sexuelle unterschieben. Egal, welche Redewendung ihm einfällt, bei ihm heißt das gleich: Koitus.

Etwa »das Tanzbein schwingen«, »die Uhr aufziehen«, »den Durst löschen«, »Federball spielen« oder »aus der Haut fahren«.

Nur: wo bleibt das »Nasenbohren«, Herr Bornemann?

Nun, der wahre Meister zeigt sich ja erst im Detail. »Eine ruhige Kugel schieben« heißt laut Bornemann: sorgfältig koitieren. Jetzt wissen wir erst, was unsere Beamten wirklich tun!

Gut koitieren heißt: »Fingerspitzengefühl haben« oder »die Kurve kratzen«. Wenn also ein Taschendieb mit unserem Geldbörsel die Kurve kratzt, ist das eine ganz beachtliche sexuelle Leistung.

Ein »Schaumschläger« hingegen ist einer, der akrobatisch, aber nicht sehr gut koitiert. Wer hätte das von Jörg Haider gedacht?

»Sich kurz fassen« heißt einfach, daß man zu kurz koitiert. Das entnervende Schild »Fasse dich kurz« verhindert denn auch, daß man in einer öffentlichen Telefonzelle zu einer richtigen Nummer kommt.

Richtig schweinigeln ist also wirklich kein Problem mehr, seit Bornemann uns seinen Wortschatz zur Verfügung stellt. Wenn man am Stammtisch, in der Sauna oder beim Friseur irgendwas nicht versteht, blättert man einfach nach und ist wieder auf der Höhe der Zeit. Das Buch ist ein unentbehrlicher Begleiter für jedermann. Jeder Frau kann man es allerdings kaum empfehlen. Erstens ist es mit seinen achthundert Seiten ein bißchen schwer für ein Abendtäschchen. Und zweitens ist es vielleicht etwas frauenfeindlich.

Wir nehmen uns da wahllos ein Beispiel heraus:
amüsanter Mann: Bruder Lustig, Sonny, Spaßvogel
amüsante Frau: Amüsiermatratze, Lustwiese, Witzfigur
Da ist doch wohl ein kleiner, tendenzieller Unterschied spürbar. Wie die alte Queen schon sagte: We are not amused!

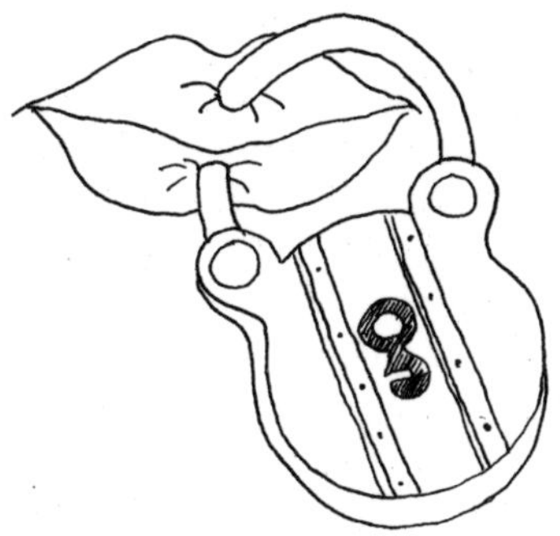

Das schlimme Wort

Jahrelang litten sowohl unsere Lieblingsbeschäftigung wie auch unsere Lieblingsorgane unter ihren verschrobenen Vornamen. Sprüche wie: »Reich mir deine Vagina« oder »Lasset uns koitieren« konnten ja wirklich nur einem Lateinprofessor das Herz höher schlagen lassen.
So richtig deutsch wurde es eigentlich erst am Stammtisch oder in der galanten Literatur. Aber das hat sich geändert. Zuerst wurde im Kino gevögelt. Dann kam auch im seriösen »Spiegel« mal ein Fick vor. Und heute wird kreuz und quer durch alle Medien gefickt und gevögelt, als könne man einzig und allein damit den Bestand des abendländischen Kulturerbes sichern. In der Literatur nehmen die schlimmen Worte immer mehr Raum ein, und sogar im Fernsehen, etwa in der Jugendsendung »Live am Samstag«, kann es schon mal passieren, daß der Barbara Stöckl so ein Wort aus dem munteren Schnabel fällt, wenn sie gerade mit einer pensionierten Domina die Probleme der Hurerei erörtert.
Nur in einigen Tageszeitungen und den Fernsehnachrichten mangelt es noch an der rechten Deutlichkeit. Aber der Bacher reformiert ja jetzt alles, und nachdem er schon den Unterleib der Ansagerinnen ins rechte Licht gerückt hat, wird der wortgewaltige Generalintendant wohl auch die Sprache im ORF noch etwas ausdrucksvoller und kurzweiliger gestalten können.
In einem Aufklärungsbuch freilich darf man nicht lange um den heißen Brei herumreden. Woher sollen die jungen Menschen denn wissen, wie das heißt, was sie Tag für Tag tun? Welches Wort kann man ihnen dafür empfehlen?
Nun, wir haben alles von A bis Z durchprobiert und sind ohne

Gegenstimme zu dem Schluß gekommen: Wir empfehlen das Bumsen!

Natürlich kann man statt dessen auch vögeln, aber da schwingt schon etwas Animalisches mit. Und sehr schlechte Erfahrungen haben wir mit dem Ficken gemacht. Jugendliche, durch endlosen Discoaufenthalt ja sämtlich gehörgeschädigt, haben dieses Wort oft nicht recht verstanden und mit einem ähnlichen verwechselt. Es gibt haufenweise Fälle von jungen Mädchen, die infolgedessen sticken oder stricken lernten!

Außerdem wird damit oft nur das angelsächsische »fuck« gleichgesetzt, aber die Amerikaner haben uns eben in sprachlicher Brillanz manches voraus, und so läßt sich »fuck off« nicht einfach mit »fick dich hinweg!« übersetzen. Und manche sexuellen Aufforderungen wie »fick dich ins Knie« sollte man überhaupt ignorieren, denn wie unsere Testpersonen einhellig angeben, tut das verdammt weh und bringt keine echte Entspannung.

Daher unser Ratschlag: bumsen! Das ist ein schönes, spätbarokkes Wort, gemütlich und zugleich dynamisch. Und außerdem ist bumsen ja für den Österreicher so etwas wie eine vaterländische Pflicht. Denken wir nur an die wackeren Tiroler Bumser, die an keinem Hochspannungsmast zwischen Etsch und Eisack vorbeikonnten, ohne ihre Dynamitstange aus der Lederhose zu ziehen. Sind ihre großen Zeiten auch heute vorbei, schon aus Nostalgie sollten wir uns vom Bumsen nicht ganz abbringen lassen.

Bumsen ist ein einfaches Wort, das auch von Analphabeten liebevoll gepflegt werden kann, und genauso wollen wir es mit den Geschlechtsorganen halten. Mit einer Vagina konnten viele nichts anfangen, also nennen wir sie Muschi. In Intellektuellenkreisen Pussy. Das ist sinnig und liebevoll, und das Schlimmste, was einem beim Gebrauch dieses Wortes passieren kann, ist, daß einmal nicht die Geliebte darauf reagiert, sondern nur die Hauskatze. Was soll's? Abwechslung ist die Würze des Lebens!

Das männliche Geschlechtsorgan ließ oft traurig den Kopf hängen, weil es von peniblen Menschen ganz einfach als Penis bezeichnet wurde. Kein Wunder, daß man von seinem Gebrauch in letzter Zeit mehr und mehr abgekommen ist. Ein Penis, igitt, igitt! Es wird nicht leicht sein, dieses Organ wieder populär zu machen, aber ein markanter Markenname sollte doch den Aufwärtstrend beschleunigen. Wir haben uns dabei ohne Zögern für den Namen »Schniedelwutz« entschieden, dem Hella von Sin-

nen mit selbstlosem Einsatz die größte Medienpräsenz erkämpft hat.
Schniedelwutz, das ist zugleich phantasievoll und männlich, das kann man ohne Zagen in den Mund nehmen. Vielleicht kann er ein bißchen dazu beitragen, daß auch der Mann wieder als vollwertiges Glied der menschlichen Gesellschaft anerkannt wird.

Auf Partnersuche

Da geht man nichtsahnend auf die Straße, um sich ein bißchen Cadmium und Blei durch die Lunge zu blasen, betritt eine U-Bahn-Station, um ein wenig Nervenkitzel zu erleben, oder eilt ins Büro, um in Ruhe Kaffee zu trinken. Und urplötzlich – ZONK! PARDAUZ! WOW! – hat es gefunkt!
Gut, das ist ein Extremfall. Meist funkt es etwas bescheidener. HM! AHA! NA JA! oder so ähnlich. Aber der Effekt ist im Prinzip derselbe. Man verspürt den dringenden Wunsch, sich einem Individuum des anderen Geschlechts zu nähern.
Was mag das sein, das uns einem wildfremden Menschen in die Arme treibt? Es ist die Chemie, behauptet die Wissenschaft. Eine Drüse im Gehirn produziert Phenylethylamin und löst damit eine chemische Kettenreaktion aus, die zu befristetem Schwachsinn führt: Man verdreht die Augen, nähert sich der Zielperson mit schlotternden Knien und gibt sprachliche Kleinkunstwerke von sich, wie etwa: »Heiß, heute! – Habe ich Sie nicht schon irgendwo gesehen? – Bei dir oder bei mir?« usw. Diese ebenso chemischen wie komischen Reaktionen ziehen sich oftmals so lange hin, bis man auch noch vor dem Traualtar ein schallendes »Ja« in die gerührte Familienbande geschmettert hat. Warum die Chemiefabrik des Gehirns in der Ehe plötzlich eine ganz andere Produktpalette anbietet, muß die Wissenschaft allerdings noch ergründen.
Daß der Mensch ständig nach irgendwelchen Partnern sucht, weiß man auch ohne Gelehrte. Aber die wissen jetzt auch schon, nach welchen! In diesem Zusammenhang gefällt uns besonders ein Satz von Ulf C. Goettges in einem Artikel über das Geheim-

nis der Anziehungskraft: »Töchter und Söhne suchen nur nach zwei Typen von Partnern.«
Das läßt eigentlich bloß noch die Frage offen: Und was suchen die übrigen?

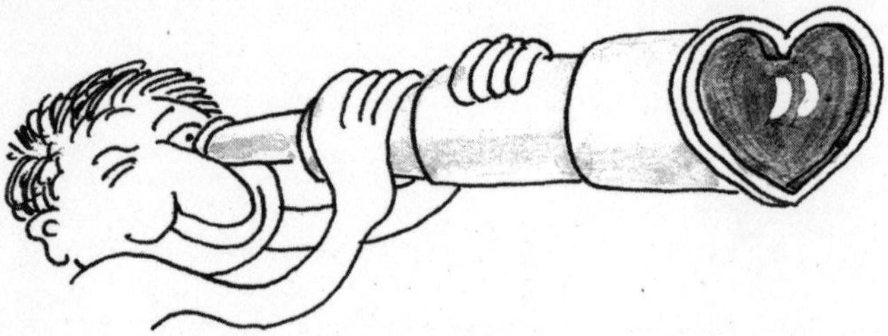

Egal! Einige von uns sind schließlich als Tochter oder Sohn zur Welt gekommen, und wenigstens die sollen erfahren, was der Psychologe Alan Miller von ihnen erwartet, nämlich daß sie auf ganz bestimmte Partner fliegen. Sie suchen – aber das zitieren wir wieder wörtlich, damit es etwas lustiger klingt: »Entweder solche, die ihren Eltern ähnlich sind, oder das krasse Gegenteil von Vater und Mutter.«
Nun ist Vati aber oft schon das krasse Gegenteil von Mutti, und ein Partner, der unseren Eltern ähnlich ist, müßte ein betagter Zwitter sein – also legen wir diese Theorie wieder beiseite und sagen lieber, was wirklich feststeht: Die Psychologie ist inzwischen soweit, wie es das gemeine Volk schon seit Jahrhunderten ist, wenn es behauptet: »Gleich und gleich gesellt sich gern« und »Gegensätze ziehen sich an!«
Mit einem Wort: irgendwas findet sich immer!
Und wann funkt's nun endlich? Gerade auf diesem Gebiet treffen uns die neuesten Erkenntnisse der Wissenschaft wie ein Keulenschlag: entweder gleich oder gar nicht!
»Ich schau dir in die Augen, Baby«, sagte der Supermann – und macht damit schon den ersten Fehler. Nicht lang reden, ein Blick genügt. Mit 432 Stundenkilometer Geschwindigkeit sausen die so gewonnenen Informationen ins Gehirn, werden registriert, überprüft, mit anderen verglichen, katalogisiert und abgelegt. Innerhalb von dreißig Sekunden ist alles vorbei. Dann ist man akzeptiert oder abgelehnt.
Meint eine Verhaltensforscherin vom Max-Planck-Institut. Zum Glück sind die Verhaltensforscher im Sexkoffer-Institut völlig anderer Meinung. Als Beleg zitieren sie den großen Talleyrand,

der nicht besonders hübsch war und deshalb einmal sagte: »Geben Sie mir zwei Stunden, um mein Gesicht wegzureden!« Die sogenannte »Liebe auf den ersten Blick« findet hauptsächlich im Kino statt, weil man dort nur anderthalb Stunden für eine ganze Tragödie Zeit hat. Im Leben entwickeln sich die Tragödien meist langsamer.

Lord Peter persönlich gibt, nach zahlreichen Versuchen am lebenden Objekt, nur einen Ratschlag: In der Liebe niemals aufdringlich sein, aber immer hartnäckig. Und wenn das Objekt der Begierde den zweiten Versuch nicht lohnt, lohnt es nicht einmal den ersten!

Und was den Sex anbelangt, nur Geduld! Alle Wege führen zum Sex, aber manche sind eben voller Schlaglöcher und Umleitungen. Mit Verkehrsbehinderungen muß man heute leben!

Bis es soweit ist, kann man ja versuchen, einmal eine Beziehung zu einem anderen Menschen aufzubauen. Obwohl besonders coole, moderne Typen das für Zeitverschwendung halten. Wohin man mit dieser Ansicht kommt, hat das Soziologische Institut der Grazer Universität festgestellt: Jeder fünfte Österreicher hat keine Freunde! In Kontaktlosigkeit sind wir praktisch Weltspitze. Und das schlaucht! Alleinsein ist ganz mies!

Nicht die kreative Einsamkeit, die jeder mal nötig hat, um zu sich selbst zu finden. Aber das ganz doofe Alleinsein mit dem Gefühl: Du bist der letzte Depp, den niemand mag und niemand braucht! Das kommt dabei heraus, wenn man so cool und lässig, als personifizierter Zeitgeist, durch die Szene schwebt, ohne sich auch ein bißchen um andere Menschen zu bemühen.

Nicht nur um strahlende Models und seidengefütterte Börsenclowns, sondern um ganz normale Menschen, deren Vorzüge man erst ganz langsam und genußvoll entdecken kann. In einer übergroßen Louis-Vuitton-Tasche oder handgebosselten Maßschuhen brodelt sowieso selten ein erotischer Vulkan, sonst müßten sich ihre Träger nicht selbst anpreisen.
Aber wenn sich die graue Maus von nebenan unter Ihrer Aufmerksamkeit zu einem stolzen Schwan mausert – welch kühnes Bild! Und wenn der schüchterne Jüngling durch Ihre Zuneigung plötzlich zu voller Größe erblüht, bis er über den Rand seiner Komplexe hinausragt – das ist ein Erfolgserlebnis!

Aber genug zum Thema Freundschaft. Das hier ist schließlich nicht Schillers »Bürgschaft«, sondern ein knallhartes Aufklärungsbuch, das selbst die finstersten Tiroler von den Bäumen holen soll! Hier geht es ausschließlich um unverhohlenen Sex! Bloß weil es heute überall nur um Sex geht, wollten wir auch ein paar hochkarätige Fremdwörter wie Liebe und Freundschaft in den Text einfließen lassen.
Doch auch für uns steht fest, daß dies bestenfalls Umwege zum Sex sind, manchmal sogar Sackgassen. Immerhin sollte man sie als gelegentliche Fluchtwege aus der Frustration im Auge behalten. Denn »no sex today« ist miserabel, aber Alleinsein ist megamiserabel.

Partnerwahl global

Den richtigen Partner zu finden ist schwer, aber so schwer auch wieder nicht. Besonders für Männer. Denn neben den einschlägigen Kontaktanzeigen in der Tageszeitung gibt es auch noch den Versandhandel. Man erwirbt einen hübsch bebilderten Katalog und kann dann zu Hause in Ruhe seine Wahl treffen. Besonders reichhaltig ist das Angebot an fernöstlichen Damen, die Mehrzahl von den Philippinen oder aus Thailand. Wer was Besonderes will, muß natürlich ein bißchen tiefer in die Tasche greifen. »Jungfräuliche Bräute« aus Sri Lanka etwa werden in Italien zum stolzen Preis von hunderttausend Schilling importiert. Aber das muß auch ein bißchen teurer sein, weil es dabei um regelrechten Sklavenhandel geht.

Wendet man sich hingegen an ein seriöses Unternehmen wie das von Luciano Peverati in Ferrara, der seine Ware legal mit Aeroflot einfliegen läßt, braucht man beispielsweise für eine »sanfte, fleißige, häusliche« Russin nur 30 000 Schilling hinblättern.

Im deutschsprachigen Raum hat man vor Russinnen noch etwas Angst, und so waren lange Zeit die Thai-Mädels marktbeherrschend. Aber im Zuge der Ost-West-Annäherung tauchen wieder neue Gesichter am Horizont auf. Der deutsche Unternehmer Wolfgang Blankmeier wandelt auf Amors Spuren und bietet günstigste Konditionen: »Eine Polin für 390 Mark. Bei Nichtgefallen geht sie zurück.«

Das ist wirklich ein Schnappchen! Selbst im Sommerschlußverkauf beim Schöps könnte man um 2 800 Schilling nichts Aufregenderes kriegen! Und es gibt noch mehr Argumente, die für diese Anschaffung sprechen: »Die Polin ist viel preisgünstiger als die Asiatin. Die Anreise mit der Bahn kostet nur 17 Mark (statt 5 000 Mark Flugkosten). Die Asiatin muß für den Winter neu eingekleidet werden. Die Polin dagegen bringt Stiefel und Pelzmantel gleich mit.«

Wer also nicht viel Geld hat, um das Studium der Weiber zu betreiben, wird wie jeder Bettelstudent finden: Der Polin Reiz ist unerreicht!

Weil aber nun die Ausländerinnen mit Dumpingpreisen die heimischen Märkte erobern, bleiben für unsere eingeborenen Frauen noch weniger Männer übrig. Gibt es für sie gar keine Möglichkeiten mehr, einen Partner zu finden? Nun, es gibt erste Anzeichen dafür, daß sich auch den Frauen neue Wege erschließen. Wer ein bißchen Geld übrig hat, fährt nach Bangkok und sieht sich in Clubs wie »Chippendale's« oder »Givenchy« nach einem Animiermännchen um. Für zehn Drinks steht der Boy den ganzen Abend zur Verfügung, ab dem vierzehnten kann man mit ihm im Bett weitertrinken. Oder man wird für relativ wenig Geld Clubmitglied, dann gehen die Boys aufs Haus.

Daß die Frau dem Sex nachreisen muß, ist aber sicher nur eine vorübergehende Notlösung. Denn warum sollte man nicht auch Männer aus dem Katalog bestellen? In Italien wurde bereits ein Anfang gemacht: »Weißhäutig, fleißig, anspruchslos«, so preist Salvatore Cro in Mailand seine Osteuropäer an. Kostenpunkt pro Stück: 4 500 DM.

Noch ist der organisierte Menschenhandel in Österreich nicht so richtig angelaufen, aber in Zukunft hat der Partnerimport die besten Chancen. In den nächsten Jahren werden durch Hunger, Naturkatastrophen und politische Umwälzungen Millionen Menschen zu Flüchtlingen. Wir haben dann die Auswahl zwischen Afrikanern, Asiaten, Lateinamerikanern und Europäern. Und das beste daran ist: Diesen Männern und Frauen bleibt aus Armut, Hunger und Hoffnungslosigkeit gar nichts anderes übrig, als unseren Wünschen zu entsprechen: fleißig, bescheiden, liebevoll und sittsam zu sein!

Freilich sollten wir diese Personen eher als Aushilfe benützen, solange sie eben als Sexobjekt neu und interessant sind. Wer gleich an langfristige Bindungen und legale Eheschließung denkt, kriegt vielleicht Schwierigkeiten mit der »Allianz für Österreichs Zukunft«. Diese Patrioten planen nämlich ein Volksbegehren »Österreicher für Österreich«, was ja auch viel schöner

klingt als »Ausländer raus!« und doch denselben Zweck erfüllt. Denn: »Mit der Bevölkerungspolitik der Regierungsverantwortlichen wird der historisch gewachsene Charakter der österreichischen Bevölkerung schleichend und unwiderbringlich zerstört«, sagt die Allianz und zitiert noch Prof. Eibl-Eibesfeld: »Einwanderung bedeutet nichts anderes als verdeckte Landnahme!« Aber Land nehmen lassen wir uns nicht, und wenn auch, damit wir nicht aussterben, 30 000 Kinder jährlich mehr gezeugt werden müssen, dann nur von Österreichern für Österreich!

Denken Sie patriotisch, auch wenn Sie ganz verzweifelt einen Partner suchen! Nichts gegen Mai-Li oder Wladimir als Teilzeitbeschäftigung. Aber nach Gebrauch bitte sofort entsorgen! Benützen Sie dazu die in besonders fremdenfreundlichen Gemeinden bereits probeweise aufgestellten Ausländer-Container.

Der erste Versuch

Vielen Menschen passiert es irgendwann zum ersten Mal. Ob sie wollen oder nicht, das erste Mal läßt sich kaum vermeiden, wenn man die Absicht hat, es regelmäßig zu tun. Früher, in der guten alten Zeit, wurden die Damen ja damit wenigstens noch bis zur Hochzeitsnacht verschont. Aber dann mußte es halt sein, in Gottes Namen, und irgendwie haben sich die meisten dann dran gewöhnt – wie an die ganze lästige Hausarbeit.
Irgendwann in der zweiten Hälfte dieses Jahrhunderts hat sich dann alles geändert. Man begann am Sinn der Ehe genauso zu zweifeln wie am Wert der Jungfräulichkeit. Außer auf einigen exotischen Territorien, wie etwa Sizilien, ließen sich die Mädchen nicht mehr unter Verschluß halten, und da sich allein durch die moderne sportliche Betätigung ein Großteil der Deflorationsprobleme von selbst erledigte, machte man um die Unberührtheit kein großes Aufheben mehr.
Vor zehn Jahren etwa hatte die Durchschnittsamerikanerin mit 15,2 Jahren die ersten sexuellen Kontakte, und in Deutschland waren 1978 unter den 17- bis 18jährigen Mädchen nur noch 20 Prozent unberührt. Und wie sieht es heute aus? Konfus!
In England entledigen sich mehr als die Hälfte aller Damen noch vor dem 16. Geburtstag ihres Hymens. In Amerika hingegen boomt der Jungfrauenstand: jede Dritte zwischen 15 und 20 Jahren ist noch unschuldig. In Deutschland haben laut neuesten Berichten 40 Prozent der Jugendlichen bis 19 Jahre noch nie etwas miteinander gehabt. In Österreich hingegen soll das Alter für den ersten Geschlechtsverkehr auf 15 Jahre gesunken sein. Was kann man aus solchen Statistiken nun herauslesen?

Erstens: daß man seinen Urlaub heuer im Inland verbringen sollte, wenn man unbedingt Sex mit Vergnügen verbinden will.
Zweitens: je mehr Statistiken man liest, desto größer ist die Verwirrung..
Drittens: ob man's glaubt oder nicht, der Trend, das erste Mal auf das nächste Mal zu verschieben, wird stärker!
Aber warum eigentlich nicht?

Die Torpedo-Twins Rossacher & Dolezal befragten für die Sendung »X-Large Nightline« zahlreiche Prominente über ihre ersten sexuellen Begegnungen, und was dabei herauskam, reizt nicht immer zur Nachahmung.
Joe Cocker dachte sich dabei: »Hoffentlich ist es nicht immer so schwer.«
Grace Jones dachte: »Und das soll schon alles gewesen sein?«
Stephanie von Monaco erklärte: »Würde ich Genaueres über meinen ersten Sex erzählen, würde sich ein Mann irgendwo auf der Welt fürchterlich genieren müssen.«
Madonna faßte sich noch deutlicher: »Beim erstenmal war ich 15 – und es war Scheiße. Ich glaube, das erste Mal ist für jeden ein Erlebnis zum Vergessen. Eigentlich sollte man das erste Mal auslassen.«

Und anscheinend tun das immer mehr junge Leute. Einige davon sagten der »Bild-Zeitung«, warum, etwa Billie, 19, Fachschü-

lerin: »Richtiger Sex, ich meine Geschlechtsverkehr, ist irgendwie brutal. Ich habe viele Freundinnen, die es gemacht haben, und sie fanden es schrecklich.«
Und Cora, die 19jährige Krankenschwester, meint gar: »Meine Jungfräulichkeit ist etwas Einmaliges – das Wertvollste, was ich zu verschenken habe, und das soll nur jemand kriegen, der es auch verdient.«

Solche Äußerungen haben wir eigentlich seit dem Ende des Mittelalters recht selten gehört – ist jetzt etwa mit einem krassen Rückfall in die Moral zu rechnen? Man muß das Ärgste befürchten, denn auch die Knaben kommen in dieser Situation nicht recht zum Zug. Im Gegenteil! Unter den keuschen Deutschen ab Zwanzig gibt's dreimal soviel Herren wie Damen.
Eine Erklärung wäre die Angst vor Aids. Stimmt aber auch nicht. Denn wie aus einer Studie des Boltzmann-Instituts hervorgeht, ist das beispielsweise unter Schülern in Wien ein ziemliches Fremdwort: Nur ein Drittel kann sich mit Kondomen anfreunden, und das bei häufig wechselnder Partnerschaft.
Welche Gründe also hat das niederschmetternde Sexualverhalten unserer Kinder? Der Autor Stefan Esser meint: »Was Probleme macht, läßt man.« Das könnte es sein, denn der erste Sex macht ja wirklich eine Menge Probleme.
Erst das Anbalzen in der Disco. Manche Mädchen wollen ja tatsächlich, daß man zuerst mit ihnen redet! Möglicherweise muß

man sogar noch eine Cola spendieren. Dann die schwierige Entscheidung: Bei dir oder bei mir? Die sinnlose Vergeudung von Energie, die einem dann morgen beim Tennisspielen wieder abgeht. Und hinterher die quälende Überlegung: Muß man noch mal oder ist's jetzt endlich genug? Zores über Zores!
Und dazu soll man sich vorher noch die Haare kämmen, die Zähne putzen und eine Doppeldosis »Obsession« oder »Cerrutti 1881« über seine bestgehüteten Körperteile schütten?

Lohnt sich das überhaupt? Das ist die Frage, die die neue Generation sich immer stellt, bevor sie irgend etwas anfängt. Und daß sich der Geschlechtsverkehr auszahlt, ist bis jetzt nicht konkret zu belegen. Also wartet man ab. Momentan ist die Börse lustlos. Freilich gibt es noch ein paar junge Leute, die es, ohne Rücksicht auf den aktuellen Trend, doch einmal probieren wollen. Damit ihre Enttäuschung nicht allzuschlimm ausfällt, haben wir wenigstens in einer Liste zusammengestellt, welche Orte sich für den ersten Sexualkontakt eignen und welche nicht.

Geeignet:

Jaguar XJ6: Das Modell gibt's schon ab 632 000 S, und das Fachurteil lautet: »Hier bietet sich als Bewertung ein genüßliches ›Aahh‹ an. Die Federung wiegt sanft, die Sitze umfangen zärtlich . . .« (»Wiener« 4/91) (🛏 🛏 🛏)

Erika-Pluhar-Lesung: (aus eigenen Werken mit Fado-Begleitung) Wunderbare Atmosphäre: Erika liest, die Zuhörer schlafen, man ist völlig ungestört. (🛏 🛏 🛏 🛏)

Empfang beim Bundespräsidenten: Gepflegtes Ambiente, in dem alles schön steif bleibt. (🛏 🛏 🛏)

Schlafsack: Gut. In einem Schlafsack zu zweit läßt sich ein näheres Kennenlernen fast nicht vermeiden. Besonders für Schüchterne als Treffpunkt für erstes Rendezvous geeignet. (🛏 🛏)

Venedig: Immer und überall, weil Romantik das beste Aphrodisiakum ist. (🛏 🛏 🛏 🛏 🛏)

Nicht geeignet:

Suzuki Samurai LX: Zwar günstig in der Anschaffung, aber Fachurteil: »Der Samurai peinigt seine Insassen mit gnadenloser Federungshärte.« (»Wiener« 4/91) (🛏 ~~🛏~~ ~~🛏~~)

Telefonzelle: Wenig Bewegungsfreiheit, durchsichtige Wände, ungeduldige Laufkundschaft verhindert oftmals Zustandekommen einer richtigen Verbindung. (🛏)

Spiegelzimmer im Hotel Orient: Es gibt nichts Schlimmeres, als wenn man sich beim erstenmal auch noch selbst zuschauen muß. (~~🛏~~ ~~🛏~~ ~~🛏~~)

Hängematte: Vorsicht, es ist beinahe unmöglich, sich in einer Hängematte auszuziehen! Außerdem: wer will schon eine Matte und einen Hänger beim ersten GV? (~~🛏~~ ~~🛏~~ ~~🛏~~ ~~🛏~~)

Venedig im Regen: Absoluter Horror für musikalisch empfindsame Menschen. Null Punkte auf der Richter-Skala der Emotionen. (~~🛏~~ ~~🛏~~ ~~🛏~~ ~~🛏~~ ~~🛏~~)

Der Orgasmus als solcher

Eine der unangenehmsten Folgen des Beischlafes ist der Orgasmus. Man wird dabei halb taub und blind, sondert verschiedene Körpersäfte ab, keucht, stöhnt und schreit – jajaja – ohohoh – iiiii –, kurzum, man verliert die Kontrolle über Körper und Geist und benimmt sich komplett schwachsinnig. Und wenn man dann noch zur Krönung des Ganzen den Partner fragt: »War ich gut?«, ist die totale Verblödung erreicht. Sobald der Taumel vorüber ist, kommt natürlich der Katzenjammer – die bekannte postkoitale Depression. Man schämt sich, daß man sich so hat gehenlassen, noch dazu vor einem wildfremden Menschen. Wie konnte man sich überhaupt mit einer Person einlassen, die einen auf das Niveau eines lallenden Idioten herunterzerrt? Und dann tut man's doch wieder!

Schuld daran ist die Orgasmus-Werbung, die in den letzten Jahren wie ein Trommelfeuer eingesetzt hat. Orgasmus ist heute ein Haushaltswort geworden. Man muß ihn haben, ob man will oder nicht. Früher nahm man zwischendurch mal eine Prise Schnupftabak oder ein kleines Bier, heute muß es gleich ein Orgasmus sein. Frauen, die sich nichts wünschen als einen Geschirrspüler oder eine Witwenrente, kriegen statt dessen einen Orgasmus. Und nicht nur einen kleinen schnellen, den man wegsteckt wie einen Mückenstich. Orgasmusgrossisten, wie der Sexforscher Wawerzonnek, wollen auch noch, daß die ganze Peinlichkeit stundenlang dauert. Zwanzig bis vierzig Orgasmen an einem Stück will er seinen Opfern zumuten. Und den Männern eine zweistündige Erektion. Das ist mehr als der gesamte Jahresverbrauch normaler Österreicher! Ähnliche Rekorde sollen auch mit fernöstlichen Methoden wie »Tantra« erreicht werden, die

noch nicht einmal vom Gesundheitsministerium approbiert wurden. Das ist Wahnwitz! Manche Menschen trauen sich schon nicht mehr ohne Orgasmus auf die Straße, fragen sich morgens verzweifelt vorm Spiegel: »Sieht man mir an, daß ich noch keinen gehabt habe?« Das Ganze geht so weit, daß die Mehrzahl der Frauen ihren Partnern einen Orgasmus vortäuschen! Der Mann weiß das natürlich nicht, glaubt, er habe die Dame mit seinen plumpen Vertraulichkeiten besonders glücklich gemacht, und ihr zuliebe schmeißt er sich ächzend in die nächste Runde. Sie, ihm zuliebe, hechelt noch mehr als beim erstenmal – aus diesem Teufelskreis gibt es kein Entkommen. Und während jeder insgeheim denkt: Wann hört der andere bloß auf mit dem Unsinn?, bumsen sie sich ins Delirium.

Wenn wir uns dem Orgasmusterror nicht radikal widersetzen, wird es bald keine vernünftigen menschlichen Beziehungen mehr geben. Die Parole aufrechter Menschen kann deshalb nur lauten: Nieder mit dem Höhepunkt!

Die Stellungen

Einen Stellungsbefehl gibt es nur beim Bundesheer – beim Sex kann man alles ausprobieren, was möglich ist. Aber es kommt meist nicht viel dabei heraus.
Jahrelang haben uns die Sex-Gurus jetzt alle möglichen Turnübungen eingeredet – und was ist der Effekt? Die beliebteste aller Positionen ist wieder die Missionarsstellung. Also ganz schlicht: Mann oben, Frau unten. Scheint irgendwie die besten Erfolge zu bringen, obwohl man spätestens seit '68 behauptet, das sei ganz typisch für die Unterdrückung der Frau. Stimmt aber nicht, denn in den neuesten Untersuchungen hat sich herausgestellt: der Mann möchte eigentlich lieber unten liegen! Fragt sich nur: Ist das der Durchbruch für die Emanzipation der Frau oder die Bequemlichkeit des Mannes?

Die erogenen Zonen

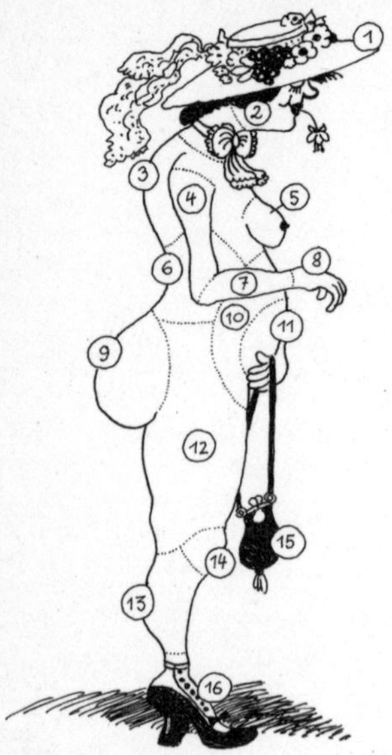

Die erogenen Zonen erstrecken sich sowohl beim Mann als auch bei der Frau praktisch über den ganzen Körper. Natürlich haben nicht alle Gegenden der menschlichen Anatomie die gleiche Bedeutung. Im erotischen Sinne eher unergiebig sind die Kniescheiben, die Hühneraugen und der Blinddarm.

Besonders erregbar hingegen ist bei der Frau das Trommelfell: Für die richtige männliche Stimme ist sie jederzeit ansprechbar. Ansonsten ist sie besonders empfänglich für Berührungen und Liebkosungen. Ihre toperogene Zone dabei ist – nicht das, was Sie ver-

Erogene Zonen: Frau

(1) Hut mit frischen Vitaminen als Energiespender
(2) Kinn: bietet den Frauen soviel Lustempfinden, daß es sich manche gleich doppelt und dreifach anschaffen
(3) Rücken: zum Hinunterlaufen für wollüstige Schauer
(4) Schulter: soll nicht zu kalt genossen werden
(5) Silicon-Valley
(6) Spare-Ribs: eine Degenerationserscheinung von Adams Rippe
(7) Unterarm: diese Zone ist leicht erregbar durch das Anlegen von Geschmeide
(8) Hand: wer darum anhält, muß auch den Rest der Dame nehmen
(9) Backe: erregt vor allem Hintergedanken
(10) Übungsgelände für Großwildjäger, die sich noch nicht so recht in den Busch trauen
(11) Venushügel: ein beliebtes Ausflugsziel, jedoch wegen seiner landschaftlichen Schönheit oft ziemlich überlaufen
(12) Schenkel: bei Fröschen und Frauen besonders delikat
(13) Wade: erotischer Ansatzpunkt für Wadelbeißer
(14) Knie: hat großen Einfluß auf die Erotik, wenn es dem Mann in die Weichteile gerammt wird
(15) Abendtäschchen: bietet Platz für ein Nachthemd, eine Zahnbürste und eine Pille
(16) Schuh: macht für Fetischisten die restliche Frau überflüssig

muten! Sondern der Hals! Aber bitte zärtlich! Würgegriffe wenden selbst Machos nur im äußersten Dringlichkeitsfall an. Die beste Wirkung stellt sich ein, wenn man ihr ganz zart ein Diamantkollier um den Hals legt. Sie können so was natürlich extra anfertigen lassen – mit Monogramm, Datum und Blutgruppe. Aber wenn Sie es sehr eilig haben mit der Eroberung, genügt auch was aus zweiter Hand. Irgendwelche gebrauchten Kronjuwelen reichen völlig – Frauen sind da nicht so pingelig!

Beim Mann ist das etwas anders. Zu seinen wichtigsten erogenen Zonen zählen die Augen. Auf optische Reize fahren Männer ab! Und die können ihm ja die Frauen praktisch zum Selbstkostenpreis bieten. Also nicht gleich verzweifeln, wenn Sie mal nichts Hübsches anzuziehen haben – ziehen Sie es einfach aus, das bringt ihn gleich in Stimmung. Männer sind ja so bescheiden!

Die allerwichtigste erogene Zone des Mannes freilich ist sein Ego. Wenn Sie das eine Zeitlang kräftig streicheln, wird er zu Wachs in Ihren Händen. Und das bringt den Docht zum Glühen.

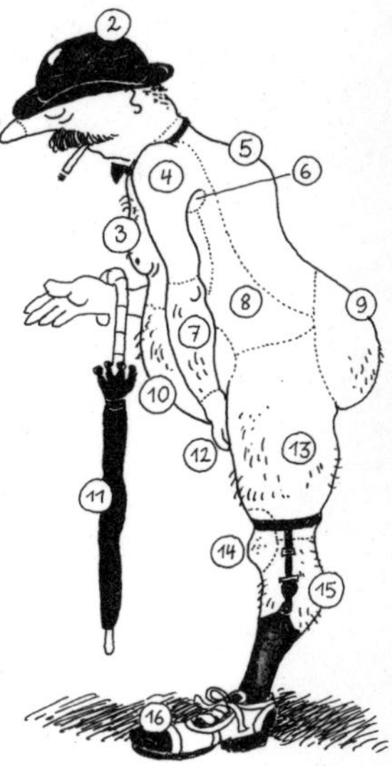

Erogene Zonen: Mann

① Nase: hervorstechendstes Geschlechtsorgan des Mannes
② Hut: steif, zum Schutz für die Schwachstellen des Mannes
③ Heldenbrust mit Tarzan-Toupet
④ Die Schwarzenegger-Zone: breite Schultern, stählerne Muskeln
⑤ Rücken: kann besonders entzücken, wenn er gekehrt wird
⑥ Schweißdrüse: produziert Lockmittel für Frauen, die einen sonst nicht riechen können
⑦ Ärmelschoner: gewachsenes Fell
⑧ Nierenwärmer: da tauen selbst frigide Frauen auf
⑨ Knackiger Po: macht Frauen unheimlich scharf (und die anderen Geschlechter ebenfalls)
⑩ Air-Bag: gehört zur serienmäßigen Grundausstattung bei Mercedes-Fahrern
⑪ Phallus-Symbol (im Format 1 : 1)
⑫ Phallus-Original (stark vergrößert)
⑬ Oberschenkel: tritt seltsamerweise auch bei Männern auf, die nicht im Gastgewerbe tätig sind
⑭ Kniescheibe: ziemlich unsensibel; um hier ein erotisches Lustgefühl auszulösen, muß man schon mit einem Baseballschläger anklopfen
⑮ Reizwäsche: erprobtes Verführungsrequisit, enthemmt Frauen maßlos
⑯ Maßschuhe mit vestärkten Spitzen zur Selbstverteidigung gegen enthemmte Frauen

Mundwerk

Französisch ist eine Weltsprache, die selbst bei Menschen Anklang findet, welche ansonsten kaum ins Polyglotte tendieren. Wohlbeleibte Wiener, die verzweifelt am Montmartre stehen, weil sie vergessen haben, was »Taxi« auf französisch heißt, entwikkeln am heimischen Herd oft eine ungeahnte Zungenfertigkeit. Französisch nennt man nämlich nicht nur die Umgangssprache der Gallier von Asterix bis Mitterrand, sondern auch eine Geschlechtsbefriedigung mittels Mundwerk. Also etwas, was man auf den ersten Blick weder von Asterix noch von Mitterrand erwarten würde – aber tief im Herzen, oder noch ein wenig tiefer, sind wohl alle Franzosen Feinschmecker. Französisch, das war etwas, was man lange Zeit kaum in den Mund zu nehmen wagte, aber inzwischen geht es den meisten Zeitgenossen ziemlich fließend über die Lippen. In einigen amerikanischen Bundesstaaten wird diese Form der sexuellen Betätigung zwar noch immer als »perverse Handlung« unter Strafe gestellt, aber man muß es ja nicht ausgerechnet im Stadtpark machen, wo jeder zusehen kann, wie man Vokabeln paukt.

In unserer näheren Umgebung freilich hat das Fremdsprachenstudium groß eingeschlagen. Die Untertanen von Kaiser Kohl nehmen die deutsch-französische Freundschaft gnadenlos wörtlich: Nichts ist den deutschen Männern im Sexlife lieber als der gewisse gallische Touch! Eine flinke Zunge ist heute also die beste Voraussetzung für den Erfolg in der Liebe. Auch bei uns. Und wen wundert das schon bei einem Volk, das so gerne den Mund voll nimmt?

In Fachkreisen gibt es dafür natürlich auch sehr ansprechende lateinische Bezeichnungen. So spricht man von Cunnilingus,

wenn die Frau das Opfer ist, und beim Manne nennt man es Fellatio. Weil es aber sehr schwer ist, jemandem zärtlich ins Ohr zu flüstern: »Cunnilingiere mich!«, greifen einfache Menschen auf Hilfsausdrücke wie »lecken« und »blasen« zurück. Das erinnert aber mehr an Katastrophen, denn lecken kann auch ein Dampfer und blasen kann auch eine Windhose. Also spricht man am besten gar nicht, sondern tut es. Goethe tat es gewiß und kam dadurch zu der klassischen Schlußfolgerung »Taten sprechen lauter als Worte«.
Vom gesundheitlichen Standpunkt ist es relativ ungefährlich. Wenn Schwindel und Ohnmachtsanfälle auftreten, so soll uns das nur daran erinnern, daß man auch bei dieser Betätigung gelegentlich Atem holen muß.
Und noch ein Punkt ist beachtenswert. Was der Mann beim Cunnilingus zu sich nimmt, fällt kaum ins Gewicht. Die Frau hingegen konsumiert bei einer vollendeten Fellatio immerhin fünf Kalorien. Das entspricht exakt dem Genuß von fünf Pepsi light! Frauen, die besonders auf ihre Linie achten, müssen sich eben entscheiden, welche Geschmacksrichtung sie vorziehen. Konkrete Vergleichszahlen gibt es keine, unsere Marktforscher vermuten jedoch, daß die Dame an besonders heißen Sommertagen eher zur Pepsi-Flasche greift.
Kein Wunder, für Fellatio wird ja auch längst nicht so viel Fernsehwerbung gemacht!

Jeder ist sich selbst der Nächste

Wenn man zu arm ist, zu intelligent oder zu sehr nach Knoblauch riecht, kann es passieren, daß man zumindest eine Zeitlang überhaupt keine Partner findet. Auch Eremiten, Nordpolforscher oder Gefängnisinsassen stehen manchmal vor diesem Problem. Muß man deswegen ganz auf Sex verzichten?

Mitnichten!

Das erste und meist auch das letzte sexuelle Erlebnis gewinnen die meisten Menschen nämlich durch Onanie. Und wenn man schon damit anfängt und damit aufhört, warum sollte man es eigentlich zwischendurch unterlassen?

Die Onanie hat nur einen Fehler: es ist das falsche Wort für die richtige Beschäftigung. Der biblische Onan praktizierte nämlich gar nicht das, was wir ihm unterstellen, sondern begnügte sich mit einem Coitus interruptus. Seine Gattin Tamara wollte sich damit nicht begnügen und ließ sich schließlich die Kinder von ihrem Schwiegervater machen. Tamara wird seither von frommen Menschen als Ahnfrau König Davids und Jesu Christi verehrt, Onan hingegen wurde vom damals amtierenden Gott Jahwe mit dem Tode bestraft.

Statt Onanie sollte man deshalb lieber Masturbation sagen, ja in feinen Kreisen könnte man sogar von Ipsation sprechen, aber dann wissen die meisten Wichser wieder nicht, worum es sich handelt.

Auf gut deutsch nennt man es Selbstbefriedigung, aber das ist relativ neu. Bis vor kurzem wurde es in Aufklärungsbüchern, vor allem den religiös fundierten, noch als »Selbstbefleckung« apostrophiert und mit Abscheu verworfen. Ganze Generationen von

Heranwachsenden wurden durch die Drohung verunsichert, daß man durch Onanie unweigerlich erblinde und verblöde. Die Urheber dieser Gerüchte müssen ihre Blindheit und ihre Blödheit aber auf einem anderen Weg erworben haben, denn wie man heute weiß, ist die gepflegte Masturbation eher gesund für Körper und Psyche.

Natürlich sollte die Onanie nicht vollkommen die Beziehungen zum anderen Geschlecht ersetzen. Aber wenn man zwischendurch mal schnell eine Nummer schieben will mit einem Menschen, den man wirklich schätzt, ist das die ideale Lösung.

Natürlich kann man die Lust am eigenen Körper auch übertreiben. Der griechische Philosoph Diogenes masturbierte gerne mal in Gesellschaft beim 5-Uhr-Tee, und die amerikanische Philosophin Madonna gestand: »Ich masturbiere auf der Bühne, um zu zeigen, schaut her, ich mache so schreckliche Dinge, und nichts passiert.« Aber eigentlich passiert ja auch nichts, wenn sie singt – und das ist noch schrecklicher.

Die Selbstbefriedigung ist aber nicht nur ein Spaß für Intellektuelle, sondern höchstwahrscheinlich der Volkssport Nummer eins. Der neue Kinsey-Report behauptet: 90 Prozent der Männer und 70 Prozent der Frauen tun es! Und wenn die Frauen auch noch in der Minderzahl sind: gerade bei ihnen ist die Zuwachsrate enorm. Weshalb also noch zögern: Cosi fan tutte.

Onanie ist
- billig,
- wetterunabhängig,
- macht nicht schwanger,
- hilft bei Schlafstörungen,
- hinterläßt keine Knutschflecken
- und bleibt nicht zum Frühstück!

Aber sagt nicht schon ein altes Sprichwort: Handwerk hat goldenen Boden!

Ist der Kuß ein Muß?

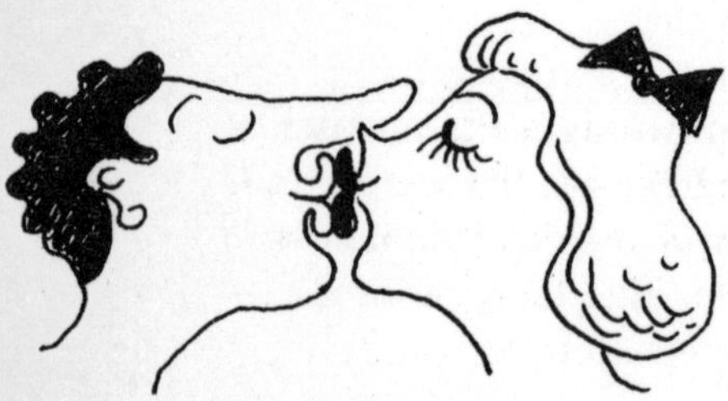

Für das Küssen gibt es verschiedene unappetitliche Erklärungen. Verhaltensforscher meinen, das sei eine Geste, die der Mund-zu-Mund-Fütterung im Tierreich entspricht – wenn etwa die Spatzenmutti ihrer Brut liebevoll eine frischgefangene Mücke in den Schnabel stopft. Sigmund Freud fand es plausibler, daß die Milchversorgung an der Mutterbrust uns zu chronischen Küssern macht. Da man nicht gleich überall jemandem an die Brustwarzen gehen kann, nascht man eben an den Lippen.

Bornemann hinwiederum sieht es eher bestialisch: »Unsere tierischen Vorfahren pflegten sich bei der Begattung ineinander zu verbeißen, und so ist auch der Kuß entstanden.«

Klingt tierisch gut, auch wenn Oma und Opa jetzt beleidigt sind. Aber es bleiben leise Zweifel: Pflegten sich die meisten Tiere nicht von hinten zu lieben? Dann müßte eigentlich der Kuß in den Nacken üblich sein, doch von dem haben wir nichts mehr gehört seit der letzten Begegnung von Claus Peymann und Kurt Waldheim. (Und selbst diese erotische Episode aus dem Leben zweier typischer Österreicher soll eigentlich gar nicht stattgefunden haben!)

Egal. Man muß jedenfalls schon froh sein, wenn einem beim Küssen nur die Zunge in den Mund gesteckt wird und nicht auch noch ein paar Regenwürmer wie bei unseren gefiederten Vorfahren.

Manche Menschen haben der Sache aber nie ganz getraut und deshalb das Küssen geflissentlich unterlassen. In der keltischen Sprache kam das Wort gar nicht vor, und auch in einem griechischen Epos wird man es vergeblich suchen. Die alten Ägypter

hielten sich weder an Bornemanns tierische Vorfahren noch an Freuds Mutterbrust: sie küßten einfach nicht! Erst später, als sie in Hollywoodfilmen wie »Cleopatra« auftraten, mußten sie wohl oder übel.
Die Eskimos ziehen noch heute das Nasenreiben vor, und in anderen primitiven Kulturen ist das Küssen weniger ein erotisches Vorspiel als vielmehr die kußfeste Versicherung: Ich werde dich weder beißen noch schlagen. In höheren Kulturkreisen läßt sich das allerdings unter einen Hut bringen, das beweist Françoise Truffauts Film »Sie küßten und sie schlugen ihn«.
Wer mit dem Küssen tatsächlich angefangen hat, läßt sich kaum noch eruieren, und ob man damit weitermachen soll, bleibt auch fraglich. Schließlich gibt es ja verschiedene Arten von Küssen, die zum Teil sehr gefährlich sind, etwa der Judaskuß, der Kuß der Spinnenfrau oder der Todeskuß bei der Cosa nostra. Im Mittelalter waren überhaupt alle Küsse gefährlich, weil man ein Mädchen dann gleich heiraten mußte. Aber schon um 1600 waren die Bräuche wohl nicht mehr so barbarisch, denn Martin Opitz schrieb damals schon an eine Mehrfachküsserin:

Obschon dein roter Mund ist einer Rose gleich,
wo er wird andre sich zu küssen unterfangen,
so wünsch ich doch, er werde also weiß und bleich,
Wie mir von Liebespein sein worden meine Wangen!

Klingt ein bißchen perfide, aber so sind die Dichter eben.

Wie gesagt, es gibt verschiedene Arten von Kußzeremonien. Wenn zwei bedeutende Staatsmänner wie Yassir Arafat und Saddam Hussein einander umarmen, dann küssen sie gar nicht, sondern flü-

stern einander nur ins Ohr: Ich hab ein Messer hinter deinem Rücken! Als Gorbi noch die Parteichefs der »Bruderländer« busselte, steckte dahinter auch nicht mehr soviel Leidenschaft wie früher, nur der Papst küßt noch immer mit Begeisterung allerlei Flugplätze. Aber er gönnt sich ja auch sonst nichts.
Wenn ein Kavalier der Frau Gräfin die Hand küßt, dann meist nur, um aus der Nähe zu sehen, ob ihr Brillantring auch echt ist, und wenn eine junge Mutter ihr Kind küßt, dann nur, weil es so gut nach dem neuen Weichspüler riecht – oder haben wir da die Fernsehwerbung mißverstanden?

Immerhin kann das Küssen auch einen erotischen Beigeschmack haben und war deshalb auch bis ins 20. Jahrhundert in der Öffentlichkeit verboten. Inzwischen wird es beinahe überall praktiziert, wobei Frauen die Augen meist schließen, während Männer sie offenhalten. Sie sehen dabei aber auch nicht viel von der Gegend, weil Liebe bekanntlich blind macht. Zumal, wenn die Brillen beschlagen.
Wo, wann und wie man küssen soll, wurde inzwischen schon in zahlreichen Büchern beschrieben. Leider lernt man es nicht durch Lesen, sondern nur durch Üben – es gibt kaum etwas Uninteressanteres als einen Fernkurs im Küssen!
Die Frage, die sich hier stellt, lautet aber: Soll man überhaupt? Und: Was bringt's?
Nun, sogar die Gegner dieser Sportart werden zugeben, daß sie einen praktischen Nutzen hat: Wenn man am geeigneten Objekt trainiert – zum Beispiel an einer Amerikanerin –, fällt es einem später leichter, eine plötzlich anfallende Wasserleiche durch Mund-zu-Mund-Beatmung wieder zum Leben zu erwecken.
Ein Kuß eignet sich auch trefflich, jemandem den Mund zu verschließen, der uns sonst mit seiner Lebensgeschichte langweilen

würde, und außerdem vermindert er die Haushaltsausgaben: Sie brauchen kein Plax mehr zu kaufen, denn Küssen verhindert Zahnbelag!
Auch für Übergewichtige ist ein Kuß gut, denn wenn ein Kuß gut ist, verbrennt er mehrere Kalorien – das sind die kleinen Biester, die sich so liebevoll in der Bauchgegend ablagern.
Überhaupt ist die Gesundheit eine gute Ausrede, um jemandem an den Lippen zu hängen. Innige Küsse sind das einzige Mittel, um rezeptfrei Cortison zu kriegen – nicht vom Apotheker, sondern vom eigenen Körper. Intensive Kuß-Sessions verhindern auch Gallenleiden und Magengeschwüre – ausgenommen bei Vätern, deren Töchter das gerade praktizieren.
Auch Kreislaufstörungen lassen sich durch das Küssen vermeiden, und gegen Streß wirkt es überhaupt phänomenal. Experten der Royal Society of Medicine behaupten, Männer, die sich morgens mit einem Küßchen von ihrer Frau verabschieden, leben bis zu fünf Jahre länger!
Wie Experten der Royal Society of Sexsuitcases dazu anmerken, liegt die höhere Lebenserwartung aber vielleicht gar nicht am Kuß, sondern einfach daran, daß sich die Männer morgens verabschieden und dadurch den ganzen Tag Ruhe vor ihren Frauen haben.

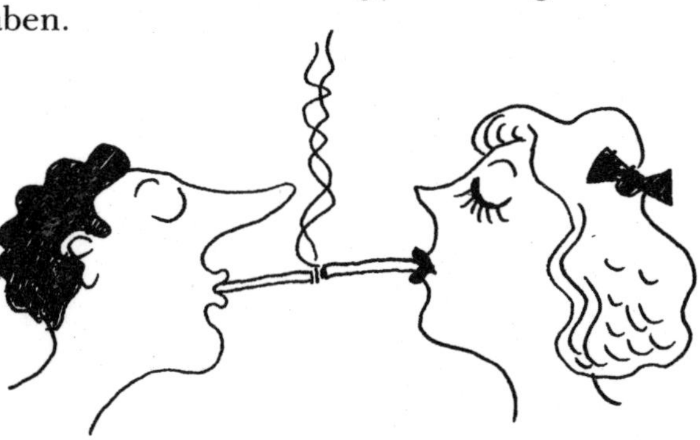

Sex auf Trauschein

Die Ehe hat viel von ihrer Einmaligkeit verloren, seit es die berühmte Formel »Bis daß der Tod euch scheidet« nicht mehr gibt. Heute scheidet außer dem Tod auch noch jeder x-beliebige Richter, was die ganze Sache angenehm verkürzt.
Lebenslänglich ist abgeschafft, jeder hat die Chance zur Resozialisierung. Aber wozu überhaupt noch heiraten?
Jetzt, wo man nicht mal mehr die eigene Frau vergewaltigen darf, ist das für den Mann keine Mezzie mehr. Für Frauen noch eher, weil sie durch eine gut gezielte Scheidung das Geschäft ihres Lebens machen können. Vor allem, wenn sie vorher einen Rambo geheiratet haben, wie Brigitte Nielsen, oder einen Rolling Stone, wie die dünne Mandy. Aber das sind wohl auch nicht die Durchschnittsschicksale.
Außerdem werfen die Männer einer Verflossenen nicht gern den Großteil ihres Vermögens nach und entledigen sich der Dame oft »auf italienisch«, durch geschickt arrangierte Unfälle in der Badewanne oder auf die steirische Version mit dem Taschenfeitel, noch ehe der Richter sein Machtwort sprechen konnte. Manche Männer setzen auch mit Unterstützung der besten Juristen einen Ehekontrakt auf, wie etwa CNN-Boß Ted Turner. Seine Verlobte Jane Fonda soll beim Durchlesen des mehrbändigen Werkes ergrimmt gerufen haben: »Dann heirate doch gleich deine Anwälte!« und ließ die Hochzeit platzen.
Ja, zur Hochzeit zwingen kann man eine Frau heute kaum noch. Auch Pretty Woman Julia Roberts setzte die Veranstaltung kurzfristig ab und entfloh zu einer Nachdenkpause. Wobei sie, wie

die Gazetten munkelten, gleich einen anderen Mann mitnahm, der ihr beim Denken helfen sollte.

Frauen sind also kein Freiwild mehr für Heiratslüsterne. Aber jetzt kommen die Männer dran – vor allem in Indien. Bei Bedarf wird dort ein Bräutigam von bewaffneten Kidnappern eingefangen und mit der Pistole auf der Brust gezwungen, einer Dorfschönheit sein Ja-Wort zu geben. Diese Art der Ehevermittlung ist zwar auch nicht gratis, erspart den Brauteltern aber die teure Aussteuer, für die sich sonst viele Eltern auf Lebzeiten verschulden müßten.

Gut, Indien ist weit weg, aber auch bei uns läßt sich erkennen, daß einen die Ehe teuer zu stehen kommt. Erst die Kosten für die Hochzeit, dann die Kosten für die Scheidung, das läppert sich zusammen!

Und manche Politiker wollen die Schraube noch anziehen. So plante beispielsweise der dänische Finanzminister Henning Dyremose eine »Geschiedenensteuer«. Umgerechnet 450 Schilling monatlich sollte jeder Geschiedene zahlen müssen, um überhaupt von seinem Expartner getrennt leben zu dürfen. Ja, Freiheit ist ein teures Gut!

Man sollte nun meinen, solche Überlegungen würden der Heiraterei langsam einen Riegel vorschieben. Weit gefehlt! Die Standesämter sind ausgebucht. Irgendwo liegt ein neuer Trend zur Ehe in der Luft. Und zur Treue!

Nach einer US-Studie behaupten 90 Prozent der verheirateten Amerikaner, sie hätten ihren Ehepartner noch nie betrogen!

Also, das macht ihnen so schnell keiner nach! Was immer es auch sein mag – das Treusein oder das Lügen. 80 Prozent der Befragten erklärten auch, sie würden noch einmal dieselbe Person heiraten!

Glückliche Amerikaner! In Deutschland erklären zwar auch

82 Prozent der Männer, daß sie wieder dieselbe Frau wählen würden – aber die Frauen danken es ihnen nicht. Nur 48 Prozent möchten noch einmal denselben Kerl im Ehebett!
Das weckt doch den Verdacht, daß eine »glückliche Ehe« oft eine ziemlich einseitige Angelegenheit ist. Trotz alledem entschließen sich viele moderne junge Menschen wieder zur Ehe. Bitte, vielleicht finden sie dort das große Glück. Sie sollten sich nur auf eine gewisse Anlaufphase gefaßt machen. Im ersten Jahr gibt's meist riesige Schwierigkeiten. Hauptursachen dafür: unterschiedliche Auffassungen über Sex, Geldausgeben und Schwiegermütter!
Nach sechs Jahren Ehe hat sich alles eingependelt. Dann reden verheiratete Österreicher durchschnittlich nur noch sieben Minuten täglich miteinander. Da kann man nicht mehr viel Falsches sagen!

Wenn Nachkommen vorkommen

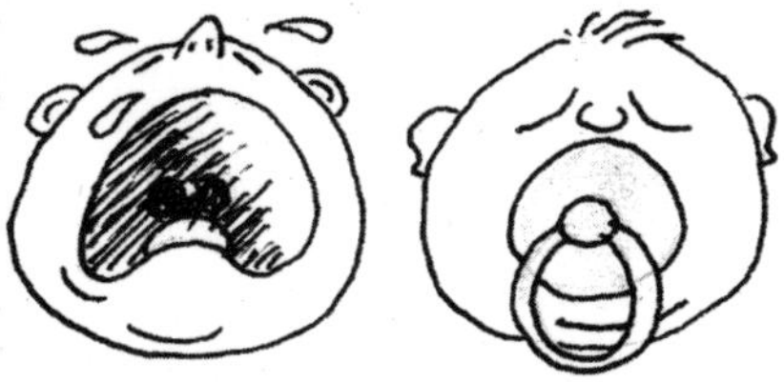

Viele Erwachsene wünschen sich Kinder. Die könnten sie auch haben, denn es gibt auf der Welt Millionen kleine Menschen, die sich gern zur Verfügung stellen und im Gegenzug für eine warme Mahlzeit und ein Dach überm Kopf auch ein paar Eltern in Kauf nehmen würden. Aber die will ja niemand. Alle wollen selbstgemachte Kinder!
Zur Strafe für diese bodenlose Präpotenz werden die eigenen Kinder dann auch meist das, was die Eltern immer sein wollten: habgierig, faul, undankbar und gewalttätig.
Inzwischen macht allerdings die Gentechnik gewaltige Fortschritte, und bald kann jeder brave kleine Roboter in die Welt setzen. Das heißt: ganz brav können die Supergeschöpfe nicht gleich werden. Man wird ihnen schon eine gehörige Portion Aggressivität einpflanzen müssen. Denn sie müssen ja erst mal die normalen Kinder aus ärmeren Weltgegenden, wo man sich die Gentechnik noch nicht leisten kann, ausrotten. Also wirklich, die Zukunft müßte man erleben! Da wird was los sein!
Aber soweit ist es noch nicht. Noch setzen Eltern auch ganz unveredelte Nachkommen in die Welt. Auf diese Entscheidung haben die Nachkommen selbst leider keinen Einfluß, obwohl sie das in eine schwierige Lage bringt, nämlich: in einer Welt, die ihre Vorfahren ruiniert haben, leben zu müssen. Diese Schwierigkeiten des Kindes sollte man nicht noch dadurch vergrößern, indem man versucht, ihm eine gute Erziehung angedeihen zu lassen. Erziehen kann man nur sehr wenig, denn erstens haben die Kinder die miesen Erbanlagen von ihren Eltern, und zweitens sprechen sie nicht dieselbe Sprache wie die ältere Generation. Logo?

Also möglichst wenig dran herumpfuschen. Die Entwicklung beobachten und helfen, wo es geht. Und wenn man sein Kind, sagen wir so bis zur Volljährigkeit, vor den beiden schlimmsten Dingen, die das Schicksal bereithält – nämlich ein Junkie oder ein Nazi zu werden –, bewahren konnte, dann nix wie Gott danken!

Übrigens, von der Schule sollte man sich bei der Aufzucht von Kindern keine große Hilfe erwarten. Die Lehrer fürchten sich heute so vor den Schülern, daß sie sich nicht auch noch mit Erziehungsversuchen provozieren lassen. Und über die beiden wichtigsten Dinge des modernen Lebens wissen die Schüler ohnehin mehr als die Lehrer: über Computer und Sex.

Immerhin, was die jungen Leute nach dem Schulabschluß mit dem Rest ihres Daseins planen, haben sogar schon die Schulbehörden geschnallt. In Kopenhagen gab man den Maturanten ein dementsprechendes Abschiedsgeschenk: zwei Kondome und einen vorgedruckten Ausweis mit dem Text: »Ich heiße ... und wohne ... Ich bin betrunken. Bring mich nach Hause.«

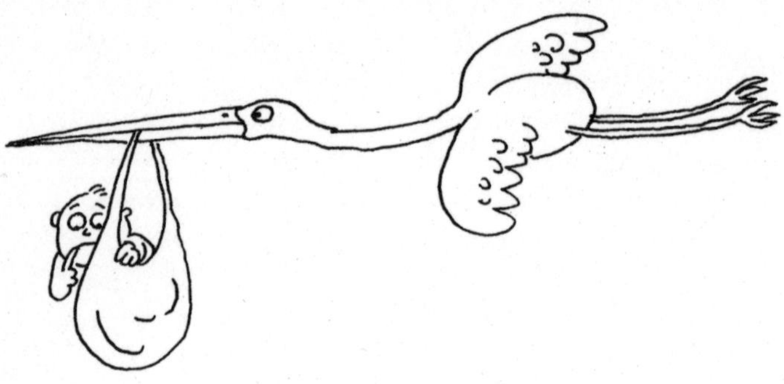

Abtreibung

Dieses Thema sollte man endlich einzig und allein den Betroffenen, also den Frauen überlassen. Nachdem der Autor dieses Werkes jedoch bei der letzten Volkszählung als Mann registriert wurde, mischt er sich da ausnahmsweise einmal nicht ein.

II.

NEBEN-
SEX-
LICHES

Variation und Perversion

Ehe wir uns nun diversen Variationen der Sexualität zuwenden, müssen wir erstmal eine bittere Erkenntnis kundtun. Obwohl wir uns darüber im klaren sind, daß alle ökosozialen, bioliberalen, links-alternativen und progressiv-radikalen Soziologen, Amateurpsychopathen und Talk-Master wieder auf die Palme gehen werden, müssen wir es doch einmal aussprechen: Der Sexualtrieb war an sich nie als Volksbelustigungsmittel gedacht. Den Sex hat Mutter Natur eingeführt, um den Fortbestand der Menschheit zu sichern – wozu immer das auch gut sein mag. Kurz und gut: Der Sex dient in erster Linie der Fortpflanzung!

Zugegeben, das klingt beinahe wie ein Argument des Katholischen Familienverbandes, und solchen Organisationen wollen wir beileibe nicht zu nahe treten. Aber an der Tatsache kommen wir nicht vorbei. Und die Tatsache wiederum zwingt uns gewisse Schlußfolgerungen auf. Nämlich: Die einzig normale Form der sexuellen Betätigung ist der Geschlechtsverkehr zwischen Mann und Frau. Alles andere ist ein wenig abartig und unartig.

Das muß man auch den Homosexuellen, Lesbierinnen und Tierfreunden einmal ins Stammbuch schreiben. Da sie sich nicht um der Fortpflanzung willen paaren, sind sie, biologisch gesehen, nur Bumser zweiter Wahl.

Nur keine Panik! Deswegen muß sich niemand umschulen lassen. Denn auch die Heterosexuellen agieren strenggenommen »widernatürlich«, wenn sie sich mit Pillen vollstopfen oder eine Zipfelmütze über den Zebedäus stülpen. Da sind wir uns mit dem Vatikan ausnahmsweise einmal einig: Der reine, animalische Sexualtrieb der frühen Steinzeit wird heute allerorten pervertiert. Aber wenn man nun den Fortpflanzungsakt schon zum reinen Spaßvögeln umfunktioniert, ist es eigentlich egal, ob man sich dabei mit dem eigenen oder irgendeinem anderen Geschlecht belustigt. Und wenn es sich gar um Liebe handelt, dann kriegen die Moraltheologen überhaupt keinen Fuß mehr in die Tür. Wenn jemand Gemeinsamkeit sucht, Vertrautheit, Geborgenheit, Zärtlichkeit, dann ist doch nur wichtig, daß er findet – egal, ob beim Manne oder beim Weibe. Sogar diese großen Plüschbären mit den abstehenden Ohren sind besser als gar nichts.

Fassen wir noch einmal zusammen:

JA, wir haben den guten alten Fortpflanzungstrieb in die dunklen Kanäle der Lust umgeleitet!

NEIN, das ist gar nicht so schlimm, wie es sich anhört!

Gerade weil der Mensch ja auch teilweise ein vernunftbegabtes Lebewesen ist, nimmt er seinen Fortpflanzungstick nicht mehr

so tierisch ernst, sondern experimentiert ein bißchen mit dem Sex herum.
Wo fängt die Perversion an? Beim Kuß? Bei der Verlobung? Nur um ein Kind zu machen, wäre beides vollkommen überflüssig! Und doch sind diese Perversitäten heute schon so zum Allgemeingut geworden, wie es auch viele andere morgen sein werden. Gewiß kommt es durch diese Entwicklung auch zu schlimmen Auswüchsen. Manche Menschen waschen sich vorher, andere verblöden total und nennen ihre Sexualpartner plötzlich »Mausi«, »Hasilein« oder »Wunderwuzzi«. Aber deswegen kann man nicht auf jeden Fortschritt in der Erotik verzichten und so wesentliche Errungenschaften wie den Striptease, die Kissenschlacht und den Cunnilingus ohne Sauerstoffgerät wieder abschaffen.
Zirka 780 012 Abartigkeiten im sexuellen Bereich hat allein unser Mitarbeiter Lord Peter während seiner Recherchen für den SEXKOFFER registriert, und von manchen hat er sich bis heute noch nicht erholt. Aus Platzmangel können wir nur einige wenige erwähnen, auch diese nicht etwa nach ihrer Wertigkeit, sondern vom Schicksal blind gezogen nach der alten Devise: Sex aus 45.

Zu schließen in die Arme voller Wonne
den holden Freund, nach dem ich längst verlange.
(Michelangelo Buonarroti)

Schwulitäten

Mit der Homosexualität haben es die Wissenschaftler schwer. Eine richtige Krankheit ist es ja wohl doch nicht, sonst könnten es die Ärzte längst wegoperieren. Aber kann es vielleicht der Psychiater wegmachen? Keine Chance. Schon weil die meisten Homosexuellen gar nicht erst zum Psychiater gehen, um sich etwas ausreden zu lassen, was ihnen eine Menge Spaß macht.

Also woher kommt die Homosexualität eigentlich? Hat sie biologische, genetische Ursachen? Entsteht sie durch Umwelteinflüsse? Tatsächlich, man weiß es nicht! Sogar ein Fachmann wie Richard A. Isay, der eher auf »anlagebedingt« tippt, muß schließlich gestehen: »Wie alle Formen der Liebe, bleibt auch die Homosexualität ein Geheimnis und entzieht sich unserem vollen Verständnis!«

Volles Verständnis dürfen die Schwulen denn auch vor allem vom Gesetzgeber nicht erwarten. Zwar hat sich in den letzten Jahren viel verändert, und mancherorts – etwa in San Francisco – ist es schon beinahe Pflicht, homosexuell zu sein.

Aber in Österreich soll auch nach der nächsten Strafrechtsänderung der Paragraph 209 weiter bestehen, wonach eine Verbindung zwischen einem 17jährigen und einem 18jährigen Mann – das heißt Jugendlichem und Erwachsenem – kriminell bleibt. Daß es Damen dieser Altersklasse sehr wohl tun dürfen, ist kein Zufall, sondern ein weiteres Zeichen dafür, mit welcher Ah-

nungslosigkeit in Österreich wichtige Entscheidungen gefällt werden. Der Verfassungsgerichtshof meint allerdings, daß homoerotische Handlungen unter Frauen von einer »Hilfeleistung im Zuge der Körperpflege« nicht unterscheidbar seien.
Wo haben die bloß zugeschaut?
Jedenfalls unser Tip für Homosexuelle: Wenn Sie mal bei einer unerlaubten Fellatio erwischt werden, erkären Sie doch dem Richter, daß Sie Ihrem Freund nur Hilfeleistung beim Zähneputzen geben wollten!
Schwul zu sein gilt in der heutigen Gesellschaft noch immer irgendwie als Makel. Dabei hat der Großteil der Männer irgendwann im Leben schon einmal Kontakte zum eigenen Geschlecht gehabt. Nicht immer freiwillig: Wie eine Umfrage der Stanford University ergab, wurde jeder achte Mann in den USA schon einmal vergewaltigt!
Andere suchen die Kontakte, wollen es aber nicht zugeben. Wegen des guten Rufes. So weiß man denn auch nichts Genaueres über Prinz Edward, den Jüngsten der Queen. Außer, daß sein Spitzname »Matrosen-Doris« sein soll, was aber auch auf eine bestimmte nautische Veranlagung hinweisen könnte. Von Superstar Richard Chamberlain weiß man nur, daß er als eiserner Junggeselle gilt, über John Travolta hat die »Bild-Zeitung« schon ein bißchen mehr enthüllt. Der hat's bei Sylvester Stallone und Muhammed Ali versucht – ohne Erfolg. Und für Prinz Charles durfte er überhaupt nur von ferne schmachten. Charles tändelt bekanntlich lieber mit Topfpflanzen und Biogemüse.
Aber die Stars von heute haben ja auch große Vorbilder. Man braucht da gar nicht so weit zu gehen wie die Homosexuellen-Initiative »Hosi«, die in ihren Informationsschriften fragt: »Wußtest du, daß Beethoven nicht nur die Musik, sondern auch seinen Neffen Karl liebte?« Meister Beethoven ist kein gutes Beispiel für Homosexualität. Wenn Ludwig van mal das Hosi runterließ, weil ihn die »Notwendigkeit« dazu trieb, dann tat er es bei käuflichen Mädchen. Bei Leonardo da Vinci hingegen wird es schon wärmer, ebenso bei Tschaikowsky und Oscar Wilde; auch Jean Cocteau und Jean Marais haben aus ihrer Liebe nie ein Hehl gemacht, und die großen Modeschöpfer haben fast alle keine Lust darauf, die Frauen, die sie anziehen, auch noch auszuziehen.
Also: von wegen miese Tunten! Das sind schon große Kaliber,

die ihren Minnedienst am eigenen Geschlecht ableisten. CNN-Star-Reporter Tom Cassidy meinte einmal: »Es sind die kreativsten, gescheitesten Menschen, die zufällig schwul sind.«
Warum schlägt ihnen also noch immer soviel Ablehnung entgegen? Da ist erstens das Geheimnisvolle: Man weiß nicht, weshalb sie so sind, wie sie sind. Und alles, was der Durchschnittsmensch nicht versteht, ist ihm suspekt. Auch die Orte, an denen man sich am leichtesten die Homosexualität holt – Internate, Kasernen, Strafanstalten und religiöse Orden – haben an sich schon so einen Beigeschmack von abnormaler Lebensweise. Dazu kommt noch, daß nicht alle Homosexuellen so ganz dem klassischen griechischen Ideal entsprechen. Die Szene hat auch ein bedrohliches Element, das reicht von Hitlers SA-Schlägern über die ganze neofaschistische Männerbündelei bis zu diversen Brutalo-Rockern in schwarzem Leder. Und dann ist halt auch ihre PR nicht sehr gut. Manche übertreiben ganz schön mit ihrem »coming out«. Intime Details, ganz egal welcher Art, wirken bei Tageslicht immer ein bißchen peinlich.
Daß ein paar Gleichgesinnte eine Wohngemeinschaft gründen – okay. Aber dann streichen sie die Fassade rosa-lila und schreiben groß drauf: »Schwulen- und Lesben-Haus«. Man stelle sich vor, das macht Schule! Am Burgtheater steht dann »Masochisten-Tempel«, am Finanzministerium »Sadisten-Palais«, am Parlament, wo sich unsere Volksvertreter so gern kleine Blößen geben, steht »Haus der Exhibitionisten«, und die Kapuzinergruft heißt »Nekrophilen-Stadel«. Das hat uns gerade noch gefehlt, daß an jeder Hausfassade die sexuellen Praktiken der Insassen vorgestellt werden. Vielleicht in Goldlettern »Villa Fellatio« oder in Neonschrift »Hier wird gewichst!«. Als nächstes schreibt man dann auf die Visitenkarte, von welcher Seite man am liebsten kommt, oder trägt gleich eine Armbinde mit hübschen graphischen Symbolen.
Nein, die vielleicht verständliche, aber übertriebene Trotzreaktion mancher Homosexuellen schafft auch nur neue Ghettos, neue Feindbilder.
Die Sexualität sollte man eher betrachten wie die Blutgruppe: man hat sie einfach. Der eine A, der andere B. Das ist weder eine Schande noch etwas, worauf man stolz sein könnte. Kommt immer nur darauf an, was man daraus für sich und die Mitwelt macht: ob man Blutspender wird oder Vampir!

Von Lesbos kam die Liebe her

Vorab zur Klarstellung: Wenn hier von Schwulen und Lesben die Rede ist, sind diese Ausdrücke nicht abwertend gemeint. Seit kurzem sind sie sogar offiziell im Deutschen Bundestag akzeptiert – und könnte ein Dichter eine noch feinere Sprache führen als die des Parlaments? Ehrlich gesagt, er könnte. Aber dann kommt wieder eine heillose Begriffsverwirrung heraus, also lassen wir das.

Über die Liebe von Mann zu Mann war hier schon die Rede. Aber ebenso funkt es auch zwischen den Damen. Sogar recht häufig. Angeblich haben etwa 11 Prozent ständige lesbische Beziehungen, und jede dritte Frau hat es zumindest einmal probiert. Wie man es wird, das ist wieder so ein Rätsel der Natur, aber zweifellos kann man's werden, und es gibt auch ein paar gute Argumente dafür.

»Sie sind meiner Seele ähnlicher als die Männer«, hat eine Frau geschrieben, und das kann man kaum bestreiten. Im allgemeinen behaupten die Frauen, daß ihre Geschlechtsgenossinnen zärtlicher, verständnisvoller und phantasiebegabter sind. Und wenn jemand dazu noch dieses männliche Ding bräuchte – das gibt's im Sex-Shop zu kaufen, mit Elektromotor, Scheibenbremsen und vielen anderen Extras, die der Natur gar nicht eingefallen sind.

Auch an berühmten Vorbildern mangelt es den Lesben nicht – gern werden die Dichterinnen Sappho, George Sand und Gertrude Stein zitiert. Bekannte Filmstars, angefangen von der göttlichen Garbo, waren den Damen nicht abhold, blieben aber, milieubedingt, auch für Herren ansprechbar. Und sogar in der rauhen Welt des Sports finden sich noch zärtliche Seelen: Die

Tennisspielerin Martina Navratilova ist jetzt mit der Abfahrtsläuferin Cindy Nelson liiert.
Es könnten noch viel mehr bekannte Namen erwähnt werden, aber den meisten sieht man ja nicht an, daß sie lesbisch sind. Auch die dickste Freundschaft unter Frauen hat man kaum je von diesem Standpunkt aus betrachtet. Ob man die jungen Damen in ein adeliges Fräuleinstift steckte oder in einem Serail gefangenhielt – das taten die Männer immer, um sie vor anderen Männern zu schützen. Ohne zu ahnen, daß sich die Damen da ungestört sexuell emanzipieren konnten.
So hatten es die Lesben immer etwas leichter als ihre männlichen Artgenossen. Sie mußten nicht auf der Suche nach Liebe mit hochgeschlagenem Mantelkragen um irgendein Bahnhofsklo streichen, sondern konnten jederzeit bei Kaffee und Kuchen flirten. Sogar die Gesetzgeber hatten vor der »weiblichen Unzucht« relativ früh kapituliert und die Strafe ausgesetzt für ein Vergehen, dem sie ohnehin hilflos gegenüberstanden.
Gewiß, der Ausdruck Lesbe wird noch manchmal als Schimpfwort gebraucht. Wenn irgendein Potenzprotz von einer Frau einen Korb kriegt, verbreitet er, sie sei lesbisch. Wie hätte sie ihm sonst widerstehen können? Ansonsten könnten die Lesbierinnen heute ziemlich ruhig und in Frieden leben – wenn sie nicht selber ständig neue Fronten eröffneten.
Die Homosexuellen beiderlei Geschlechts wollen nämlich unbedingt zwei Institutionen knacken, die ihnen bisher verschlossen blieben: die Kirche und die Ehe. Man weiß nicht, warum.
Während immer mehr vernünftige Menschen die Kirchen verlassen, wollen sich andere in ihrer Homosexualität auch noch das Priesteramt aufhalsen. Und tatsächlich beginnen verschiedene Religionsgemeinschaften zu wanken. In Amerika beraten die Presbyterianer ernsthaft über das Ordinariat von Schwulen, und am Evangelischen Kirchentag im Ruhrgebiet 1991 wird auch nicht mehr so viel über traditionelle Glaubensfragen geredet. Statt dessen gibt's ein dreitägiges Homotreffen: »Mann begegnet sich – Selbsterfahrung für schwule Männer (bitte bequeme Kleidung und Wolldecken mitbringen).«
Nun, Mann begegnet auf dem Kirchentag wahrscheinlich nicht nur sich, sondern auch Gregor Gysi, dem Konkursverwalter des DDR-Kommunismus, der als Ehrengast geladen ist – aber was bei alldem fürs Christentum herausspringt, ist doch nicht ganz

klar. Gut, beim letzten Abendmahl war zwar auch Judas zu Gast, aber die Apostel mußten sich wenigstens keine Wolldecken mitbringen. Also aus dem Evangelium hat man sich die Anregungen nicht geholt.
Aber die Homosexuellen treibt es von beiden Seiten zum Altar. Sie wollen nicht nur fremde Ehen schließen dürfen, sondern auch eigene. Die Protestanten ziehen auch da mit: Die bayerische Synode etwa hat die Schwulen- und Lesben-Ehe bereits bejaht. Und das Brautpaar, das im Mai die gotische Kirche von Delitzsch in Sachsen als Ehepaar verließ, bestand aus den beiden Pastorinnen Christine und Michaela. Just in der Walpurgisnacht feierten sie ihre Hochzeit dann im Pfarrhof bei indischen Spezialitäten und Sirtakimusik. BILD war dabei!

Nichts gegen sirtakitanzende, verheiratete Pastorinnen. Aber: wer will wem damit was beweisen?
Sollte man nicht annehmen, daß modern denkende Menschen eher im Golfklub akzeptiert werden wollen, an der Börse oder im Parlament? Warum ausgerechnet in der Kirche? Aus religiösem Eifer kann es nicht sein, denn sie müssen wissen, daß die ganze schöne Religion flötengeht, wenn man den traditionellen Unterbau von Himmel und Hölle anknabbert. Aber vielleicht aus Rache für jahrhundertelange Ablehnung! Das wäre immerhin noch ein Motiv. Aber für die Ehe gibt's nun wirklich keines mehr. Die Ehe wurde eigens dazu erfunden, um dem Kind

einen Namen zu geben. Und das spielt nun bei Schwulen und Lesben wirklich keine Rolle. Das Familiendenken, das Gründen einer Dynastie, die Schutzfunktion der Sippe, die Altersversorgung der Ahnen, die Erbfolgeprobleme – all das, was die Ehe einmal zu einer wichtigen Institution gemacht hat, ist in diesem Fall uninteressant. Bliebe nur ein kleiner finanzieller Faktor, denn der Staat läßt Ehepaare etwas billiger davonkommen. Das bemängelt denn auch gleich die prominente Theologieprofessorin Uta Ranke-Heinemann: »Ich sehe nicht ein, warum nur eine bestimmte Sexualität einer Lebensgemeinschaft subventioniert wird.«

Das war wohl ein bißchen ins Abseits gedacht, Frau Professor! Subventionen für irgendwelche Sexspiele hat bisher eigentlich noch niemand gefordert. Der Staat fördert die Ehe nur aus dem Grund, weil er sich davon viele kleine Staatsbürger erwartet, die später einmal unsere Rente bezahlen. Das ist sozusagen ein Geschäft auf Gegenseitigkeit. Und funktioniert halt nur in der alten Mann-Frau-Beziehung.

Jetzt hat sich auch noch die bei RTL Plus in härtester Tortenschlacht gestählte Show-Künstlerin Hella von Sinnen ins Gefecht geworfen. Notfalls will sie ihr Recht auf Heirat mit Cornelia Scheel beim Bundesverfassungsgericht einklagen! Wird auch nicht leicht sein, denn das zählt irgendwie nicht zu den Grundrechten.

Aber eigentlich kann man nur sagen: Mädels, seid ihr von Sinnen? Jetzt kommen die Heterosexuellen langsam soweit, daß sie es ohne kirchlichen Segen und staatlicher Genehmigung probieren, und da wollt ihr mit dem Zirkus wieder von vorn anfangen? Also wenn die Lesben und Schwulen so weitermachen, werden sie bald als »stinknormal« gelten und den Sex genauso langweilig finden wie der Rest der Menschheit!

Gemischte Gefühle

Mit der Bisexualität muß man sehr vorsichtig sein. Beim schnellen Lesen glauben viele, das heißt *Biosexualität,* und halten es dementsprechend für was sehr Gesundes. Tatsächlich ist es ungesund.

Gewiß, in manchen Kulturkreisen gehört Bisexualität quasi zur Folklore. Etwa in Lateinamerika mit seinen seltsamen Sexualbräuchen. Homosexuelle sind dort nicht so gern gesehen, deshalb hat sich der Macho grande ganz clevere Spielregeln ausgedacht: Der Mann fühlt sich nicht als Schwuler, wenn er die dominierende Rolle in einer homosexuellen Beziehung spielt. Und außerdem hält er sich zu Hause noch Frau und Kinder, damit alle Zweifel restlos beseitigt sind. Außerehelicher Sex und der Umgang mit Prostituierten gehören sowieso zu den Grundrechten des echten Mannes, und alles zusammen führt dazu, daß in Lateinamerika Männlein und Weiblein gleichermaßen mit Liebe versorgt werden. Und mit Aids!

Aber Aids gehört in ein anderes Kapitel. Hier geht's um die Bisexualität. Ein bißchen davon steckt in uns allen. Früher war Männliches und Weibliches in einem Wesen vereint – dem Androgynen. Seit die Götter im Olymp das Wesen gespalten haben, gibt's Männer und Frauen auf Erden. Die alles versuchen, um wieder eins zu werden.

Nach den alten Griechen, die in der Liebe keine Unterschiede machten, kam die Bisexualität langsam in Verruf. Erst Sigmund Freud hat sie wieder akzeptiert, aber das half ihr auch nicht weiter.

1968 etwa tötete ein Texaner seine Frau mit fünf Schüssen: sie hatte ihn nicht nur mit dem Nachbarn, sondern auch noch mit einer Frau betrogen! Das Gericht akzeptierte seine »sittliche Entrüstung« und sprach ihn frei!

Inzwischen ist die Entrüstung allgemein nicht mehr so groß, Doppelgleisigkeit ist so modern geworden, daß sogar die Zeitgeist-Illustrierte »Basta« schon bisexuelle Österreicher in Wort und Bild vorstellte. Zwar reichen die paar Promis, die sich da als Bischläfer deklarierten, kaum für eine zünftige Pyjamaparty, und doch: Wir werden den Tag noch erleben, an dem auch die Bisexuellen auf die Barrikaden gehen und von Staat und Kirche fordern, Ehen zu dritt und zu viert zu erlauben, damit endlich das komplette Programm innerhalb der Familie durchgespielt werden kann.

Auf den ersten Blick erscheint die Bisexualität ja auch als Lösung vieler Probleme. Eine deutliche Bereicherung der sexuellen Speisekarte macht Schluß mit dem täglichen Eintopf.

Dennoch hat unser Außendienstmitarbeiter Lord Peter nach zahlreichen Versuchen am lebenden Objekt festgestellt, daß vom Gebrauch der Bisexualität dringend abzuraten ist.

Um noch einmal die Speisekarte zu zitieren: Wenn mehr als ein Tagesgericht draufsteht, können sich die meisten Menschen schon nicht so recht entscheiden. Sie treffen notgedrungen ihre Wahl und kommen dann hinterher zu dem Schluß, eigentlich wäre ihnen die andere Tagesspezialität doch lieber gewesen. Nun ist das einer Kalbssülze oder einer Bratkartoffel ziemlich egal. Sexualpartner hingegen sind oft viel empfindlicher und reagieren auf derartiges Verhalten mit Trotz und Tränen. Und man gerät selbst ganz durcheinander. Man weiß nicht mehr, wer jetzt gerade wem die Tür aufhalten, in den Mantel helfen oder die Koffer tragen soll. Weiß nicht mehr, wer die Rechnung bezahlen muß, ob man oben oder unten liegen soll oder ob man die Herren- oder Damentoilette benützen darf. So was führt im schlimmsten Fall zu Harnverhalten und Bewußtseinsspaltung!

Wer also auch nach reiflicher Überlegung der Sexualität nicht ganz entsagen will, sollte sich beizeiten zwischen Mann und Frau entscheiden. Es ist wahrlich schwer genug, sich mit einem der beiden Geschlechter zu arrangieren. Wer sich freiwillig der Bisexualität bedient, um seine Zores noch zu verdoppeln, muß sich schon verdammt viel zutrauen. Oder er hat einfach das Bibelwort mißverstanden – daß man auch noch die andere Backe hinhalten soll.

Pädophilie

Viele Leute kennen sich mit diesen Fremdwörtern nicht recht aus, aber gerade der Unterschied zwischen Pädagogen und Pädophilen ist leicht erklärt:
Pädagogen hassen Kinder und werden deshalb Lehrer. Pädophile lieben Kinder und geraten deshalb ebenfalls auf die schiefe Bahn.

Alphabetismus

Der Alphabetismus in seiner harmlosen, durch die allgemeine Schulpflicht weitverbreiteten Form bedeutet nichts anderes, als daß man den Sportteil der »Kronen Zeitung« oder die Bedienungsanleitung für ein Kondom lesen kann.
Wird der Alphabetismus jedoch nicht rechtzeitig gebremst – das Unterrichtsministerium bemüht sich darum leider oft vergebens –, kann er zu einer gemeingefährlichen Perversion werden, die im regelrechten Lesen gipfelt!
Besonders anfällig dafür sind ausgerechnet die Französinnen, wie eine aktuelle Umfrage beweist. 55 Prozent der französischen Frauen gehen lieber mit einem interessanten Buch ins Bett als mit einem verliebten Mann!
Da diese krankhafte Verirrung des Geschlechtstriebes auch in Österreich um sich greift, müssen wir alle Männer dringend warnen. Wenn die Dame einen freundlich angebotenen Schniedelwutz nur noch als Lesezeichen in die Konsalik-Jubiläumsausgabe steckt, könnte das schon als erstes Vorzeichen von unheilbarem Alphabetismus betrachtet werden.

Gummifetischismus

Gummifetischismus ist der große Trend der neunziger Jahre. Und man kann es auch nicht direkt unmoralisch nennen, wenn sich ein Mensch gern in Gummi kleidet. Ja, man kann sogar sagen, daß schon ein klein wenig Gummi oft einen großen moralischen Zweck erfüllt, weil man zum Beispiel ohne Gummibund dauernd seine Unterhosen verliert und dann allen möglichen Anfechtungen ausgesetzt ist. Gummistiefel brauchen vor allem Menschen, die in Österreich Sommerurlaub machen, und wer dieser Witterung auf die Malediven entflieht, braucht ein Gummikostüm zum Tiefseetauchen oder Hochseesurfen. Und selbst wer den ganzen Tag nackt herumläuft und nur nachts beim Geschlechtsverkehr eine dekorative Gummikapuze trägt, tut der Menschheit einen großen Gefallen, indem er weder Kinder noch andere Geschlechtskrankheiten in die Welt setzt.

So gesehen, gehören Gummifetischisten eigentlich zu unseren angenehmsten Mitbürgern. Freilich kann die kleine Schwärmerei auch in sexuell abstoßende Bräuche ausarten. Interessanterweise ist das Krankheitsbild bei Männern und Frauen völlig verschieden.

Gummiphile Frauen leben ihren Trieb aus, indem sie überall in der Wohnung mannshohe Gummibäume aufstellen, die sie durch Doping mit Substral zu unablässigem Wachstum animieren, bis Tische, Betten und Stühle von zähem Grün überwuchert sind und man höchstens noch am Klo ein gummifreies Plätzchen findet, wo man in Ruhe das »Dschungelbuch« lesen kann.

Bei den Männern verläuft die Krankheit anders. Da kommt es zu einer Schubumkehr – statt zu reifen, werden sie immer kindischer und interessieren sich schließlich nur noch für Gummibärchen. Unter den Opfern, die durch den Gummifetischismus der totalen Infantilität entgegentreiben, gibt es auch zahlreiche Prominente. Thomas Gottschalk steckt noch im Anfangsstadium, aber für Ronald Reagan kommt bereits jede Hilfe zu spät.

Feminismus fatale

Nichts gegen Feminismus. Und schon gar nichts gegen Emanzipation! Gerade der SEXKOFFER hat sich immer für die totale Gleichberechtigung der Frauen eingesetzt, ja er hat sie sogar durchgesetzt: Dieses Buch wird an Frauen zum gleichen Preis verkauft wie an Männer! Daß Frauen auch gleich viel verdienen wie Männer, konnten wir leider noch nicht durchsetzen. Aber diese Forderung ist auch nicht immer sehr klug. Der Autor dieses Buches beispielswiese ist ein Mann, und das miese Honorar, das er dafür kriegt, möchte er eigentlich keiner Frau zumuten!

Überhaupt: so ganz angleichen sollten sich die Frauen nicht. Eine ihrer Vorkämpferinnen, Camille Paglia, behauptet ja: Männer wissen, wie unwichtig sie sind, und müssen deshalb dauernd irgendwas Großes leisten, bauen oder zerstören.

Wollen sich Frauen nun genauso unwichtig fühlen, nur damit sie eine Autobahn bauen, bei den Salzburger Festspielen dirigieren oder Bomben auf Andersgläubige werfen dürfen?

So weit werden kluge Frauen mit der Gleichberechtigung nicht gehen. Und klug sind sie alle! In jedem X-Chromosom sind nämlich drei Intelligenz-Gene versteckt, und Frauen haben zwei X-Chromosome, Männer nur ein X- und ein Y-Chromosom.

Die moderne Frau läßt sich deshalb vom Manne auch längst kein X mehr für ein Y vormachen. Und sie hat es in manchen Bereichen auch schon weit gebracht. In Kopenhagen haben sich unlängst zwanzig arbeitslose Frauen mit staatlicher Unterstützung zu selbständigen Unternehmerinnen gemacht: als Prostituierte. Denn, wie Preben Nielsen, Leiter der Arbeitslosenkasse für Selbständige, erklärt: »Prostitution ist ein anerkannter Beruf.«

Aber es scheint, als gäbe es heute überhaupt für den beruflichen Aufstieg der Frau keine Grenzen mehr. Zum erstenmal in der Geschichte hat der Stamm der Irokesen eine Frau zum obersten Häuptling gewählt. 83 Prozent der wahlberechtigten Indianer stimmten für Wilma Mankiller! Ob ihr Name den Ausschlag gab, weiß man nicht, aber sicher wird er in die Geschichte eingehen wie der Name anderer großer Häuptlinge. Nach Chief Crazy Horse beispielsweise ist das schärfste Pariser Strip-Lokal benannt. Wahrscheinlich gibt's an der Seine nun auch bald einen Schuppen mit nackten Boys, der sich »Mankiller« nennt.

Leider werden diese Erfolgsmeldungen von der Front der Emanzipation vielleicht schon die letzten sein. Inzwischen hat nämlich der Feminismus eine neue Entwicklungsphase erreicht, die man nur als Bergab-Bewegung bezeichnen kann.

Die neue Errungenschaft nennt sich »postfeministischer Feminismus«, ein Begriff, der durch seine geballte Aussagekraft schon hart an die Grenzen des Schwachsinns vorstößt. Zugegeben, der Ausdruck »Postmoderne«, der so gern in der Kunst verwendet wird, ist noch dümmer. Aber der wurde von Kritikern erfunden, und die haben bekanntlich Narrenfreiheit. Doch daß sich jetzt die Frau auch noch selbst zum Postfräulein degradiert, ist ziemlich enttäuschend. Und nicht nur der Begriff, auch der Inhalt. Der postfeministische Feminismus will uns nämlich jetzt die neue Femme fatale bescheren. Auch die entsprechende Leitfigur dafür hat man schon gefunden:

MADONNA!

Man muß es zweimal lesen, um es zu glauben. Madonna. Madonna! Wenn es wenigstens die Schwarze Madonna von Czenstochau wäre. Aber nein, es ist dieser Stimmband-Terror von Ö3! Die Rockröhre, die nur in Unterwäsche und Sadistenstiefeln singen kann. Das Zentralorgan der Pubertät.
Warum ausgerechnet sie die neue Idealfigur des Feminismus sein soll, ist relativ ungeklärt. Vielleicht weil sie neuerdings auch tiefschürfende politische Aussagen macht. In einem Videoclip hat sie erst unlängst das Statement abgesondert: »Redefreiheit ist genauso gut wie Sex!«
So was ist den vor-postfeministischen Feministinnen einfach nicht eingefallen! Wahrscheinlich weil sie alle ihre Büstenhalter verbrannten und keine Strapse trugen. Mit Madonna liegt die Frauenbewegung endlich wieder richtig – in der Reizwäsche wie in der Politik. Jetzt brauchen wir uns endlich beim Reden kein Kondom mehr vor den Mund zu nehmen. Safer Speech is out!
Natürlich gibt es noch Leute, die bezweifeln, daß Redefreiheit genauso gut ist wie Sex. Vor allem, wenn sie gerade eine Parlamentsdebatte gehört haben. Es gibt sogar Frauen, die glauben, daß der Feminismus sich nicht unbedingt an der Femme fatale von vorgestern orientieren muß. An synthetischen Vamps wie Monroe und Madonna. Aber solche Menschen sind halt nicht postfeministisch genug. Deshalb sollten sie sich einmal das traurige Schicksal der Vor-Postlerinnen vor Augen halten. Wo sind sie denn gelandet, die großen Aktivistinnen von einst? Jane Fonda auf dem Schoß eines ältlichen Milliardärs und Alice Schwarzer in einer Rate-Show des deutschen Fernsehens!
Etwas Fataleres kann der Femme doch gar nicht zustoßen, es ist doch klar, daß der Feminismus jetzt neue Wege gehen muß. Und das Post-Geheimnis lautet: Stars and Straps forever!

Military Machos

Mit allgemeiner Wehrpflicht bis zu mehreren Monaten wird ein junger Mann dafür bestraft, daß er gesund ist. Alte und Kranke müssen nicht zum Militär und lernen dadurch nie richtig Kartoffelschälen.

Bisweilen führt das Militär zum Krieg. Vor allem, wenn der Oberbefehlshaber Gott auf seiner Seite weiß. Und das ist eigentlich immer der Fall. Den Soldaten bleibt dann nichts anderes übrig, als ebenfalls beten zu lernen. Denn wie das schönste aller Soldatenlieder schon sagt: »Praise the Lord und pass the ammunition!«

Aber das sind eigentlich Reminiszenzen an die gute alte Zeit. Heute gibt es ja keine Kriege mehr. Nur noch Verteidigung. Und wenn alle damit einverstanden sind, verteidigt man sich auch mal ein paar tausend Kilometer entfernt von den eigenen Grenzen. Aber das ist nicht neu. Schon die Kreuzritter verteidigten das christliche Abendland in der Wüste. Und bei Hitler hieß das »Vorwärtsverteidigung«.

Auch die letzte große militärische Auseinandersetzung am Golf war natürlich kein Krieg, sondern eher die Wiederherstellung friedlicher Zustände mit gewaltsamen Mitteln. Oder war es wieder die gewaltsame Herstellung von Friedhöfen mit allen Mitteln?

Egal, es war jedenfalls kein Krieg. Deshalb gab es auch keinen Kriegsschauplatz, die Amerikaner sprachen statt dessen von einem »Theater of Operations« – einem Operationstheater. Sozusagen die »Schwarzkopf-Klinik«. In der Hauptrolle Saddam Hussein – als Furunkel des Islams.

Schlachtpläne gibt es auch keine mehr, aber das war ja immer ein falsches Wort. Es klingt, als würden die Militärs tatsächlich

Pläne machen, jemanden abzuschlachten – das ist doch völlig absurd! Darum heißt das jetzt »Szenario«. Der moderne Krieg tendiert eben mehr zur Revue. Gepflegte Fernsehunterhaltung für die ganze Familie.

Übrigens, Leichen gibt es auch nicht mehr. Es gibt nur noch Verluste. Und die sind gering, wenn man ein gutes Szenario hat. Die Amerikaner beispielsweise hatten in Kuwait weniger Verluste als die Österreicher in Lainz.

Aber wenn es auch zahlreiche altmodische Begriffe nicht mehr gibt, den Wehrdienst gibt es noch immer. Und was, zum Teufel, hat das mit dem Sex zu tun? Um es einmal ganz brutal zu sagen: Das Heer ist der letzte Hort des männlichen Chauvinismus! Keine Spur von Gleichberechtigung der Geschlechter!

Gut, in Amerika gibt es schon Ansätze. Aber dort hat man auch das lächerliche System, nur Freiwillige in Uniform zu stecken! Da muß man dann auch Frauen erlauben, in die berühmte Kadettenschule von West Point einzutreten. Aber schon am Virginia Military Institute will man keine Frauen aufnehmen, bloß weil man da ein besonders brutales Trainingsprogramm hat.

Und bei uns denkt man nicht einmal im Traum daran, die Frauen auf den späteren Heldentod vorzubereiten. Oder wenigstens aufs Kartoffelschälen! Vielleicht wollen das die Frauen auch gar nicht, aber nur um der Gleichberechtigung willen müßte man das doch mal ins Auge fassen. Und selbst wenn man einem Mädchen nicht zumuten will, mit der Waffe in der Hand, einen österreichischen General vor sich und einen lendenlahmen Draken im Rücken, ins Gefecht zu ziehen – die Sache ist nun einmal so: Neuerdings hat jeder Wehrpflichtige das Recht, den Dienst mit der Waffe zu verweigern. Dann muß er aber Zivildienst leisten. Das heißt, für junge Männer existiert eigentlich noch immer eine Art »Arbeitsdienst«. Warum gibt es dann nicht gleich, wie im Dritten Reich, auch die »Pflichtjahrmädchen«?

Ist eine junge Frau nicht gut genug, um Pflegedienste und Sozialarbeit zu leisten? Soll das ewig nur den Männern erlaubt sein? Es würde uns nicht wundern, wenn streitbare Amazonen schon in nächster Zeit zum Generalangriff übergehen, um dieses letzte Männer-Monopol zu knacken!

Die Gier nach Sex

Der Durchschnittsmann unserer Tage wird zirka 73 Jahre alt. In dieser Zeit verbraucht er 360 Paar Schuhe, aber nur 2,72 Frauen. Daraus kann man schon ersehen, daß Sex nicht das Wichtigste im Leben ist.
Aber es gibt auch Menschen, die würden lieber barfuß gehen, als auf den täglichen Höhepunkt zu verzichten. Die Wissenschaft ist glücklich, denn es gibt endlich eine neue Epidemie: die Sexsucht!
Mehr als 50 000 Österreicher leiden bereits unter dieser schrecklichen Krankheit, und in der Bundesrepublik sollen es über eine halbe Million sein. Aber weil man ihnen ihr Leiden nicht ansieht, werden sie von uns oft mißverstanden und falsch beurteilt.
Der Installateur, der uns drei Tage lang im überfluteten Badezimmer auf seinen Besuch warten läßt, ist vielleicht gar nicht gemein und arbeitsscheu, sondern muß nur zuvor irgendwelche Damen klempnern, um sein seelisches Gleichgewicht zu finden.
Die Lady, die sich mit viel Ellbogeneinsatz an der Supermarktkasse vordrängt, ist vielleicht gar nicht grob und unhöflich, sondern muß nur rasch raus, damit sie nicht in Versuchung kommt, den Geschäftsführer in der Tiefkühltruhe zu verkosten.
Der Maurer, der um fünf sein Werkzeug fallen läßt, der Autobuslenker, der uns vor der Nase davonfährt, die Ärztin, die den nächtlichen Hausbesuch verweigert – vielleicht sind sie alle nur Opfer ihrer Triebe?
Heute erst beginnt man sich diese Frage zu stellen. Der amerikanische Sexualwissenschaftler Carnes gibt zu: »Früher beschäftigten wir uns vornehmlich mit Impotenz und Frigidität, dabei haben wir übersehen, daß Menschen auch Probleme haben können, ihre Sexualität zu kontrollieren.«

Woraus man nur schließen kann, daß die Wissenschaft auf beiden Augen blind sein muß. Die Menschen hatten nämlich seit Anbeginn der Zivilisation Probleme, ihre Sexualität zu kontrollieren, und alle Formen und Normen unserer Gesellschaft haben eigentlich darin ihren Ursprung. Seit längerem gibt es auch schon die Begriffe »Nymphomanie« für die weibliche und »Donjuanismus« für die männliche Variante der Sexsucht, und selbst an exemplarischen Vorbildern, von Messalina bis Julio Iglesias, mangelt es kaum. Ja, man kann ruhig sagen: wer von uns noch nie Probleme hatte, seine Sexualität unter Kontrolle zu halten, der werfe den ersten Stein – oder werde zumindest Wissenschaftler.

Vielleicht sind die Wissenschaftler aber gar nicht so verschroben, sondern werden nur falsch zitiert. Man kann sich ja kaum vorstellen, daß der Suchtexperte Pernhaupt tatsächlich zum »Wiener« gesagt hat: »Das zwischenmenschliche Verhalten wird immer seltener.« Vielleicht schlechter, aber seltener wird es sicherlich auch durch zahlreiche Sexualkontakte nicht!

Andererseits hat derselbe Experte derselben Zeitschrift auch erklärt, daß polygame Männer oft zur Ersatzbefriedigung greifen: »Die schütten sich abends im Beisl mit Bier zu, obwohl sie in Wirklichkeit Sex wollen.«

Das stimmt. Denn erstens ist der Sextrieb noch immer stärker als der Biertrieb, und zweitens: Eigentlich wollen wir alle immer Sex und greifen dann doch zur Keksdose oder zum Fernsehprogramm. Freud nannte das wohl Triebsublimierung, und daraus sind oft große kulturelle Leistungen entstanden. André Heller hat den Zirkus erfunden, und Jörg Haider springt, an einem Gummiband befestigt, von hohen Brücken – aber den Fachmann können sie damit nicht täuschen! Das ist alles Ersatz! In Wirklichkeit möchten wir viel mehr vögeln, aber meist läßt man uns nicht – und wenn wir könnten, könnten wir noch immer nicht so viel, wie wir wollten!

Doch das ist keine Entschuldigung. Wir sind alle krank! Natürlich gibt es immer wieder Menschen, sogar sehr prominente, die ihren Sex nicht so gut unter Kontrolle bringen, wie etwa die heilige Melanie, die zeitlebens »heldenmütige Abtötung« übte, oder der Maler Menzel, der von sich sagen konnte: »Ich habe mich zeitlebens jeder Beziehung zum weiblichen Geschlecht als solchem entschlagen.«

Bei einem anderen deutschen Kulturschaffenden war es gerade umgekehrt. Roy Black bekannte in der »BamS«: »Ich war getrieben von einem animalischen Jagdinstinkt – und es gab Phasen, da bin ich verwildert.«
Er ist inzwischen wieder gerettet, aber wie steht es mit Hollywood-Stars wie Rob Lowe und Mickey Rourke? Mit Cher? Oder gar mit Warren Beatty, von dem es heißt, es lohne sich für ihn gar nicht, morgens eine Hose anzuziehen!

Nun haben Stars wenigstens genug Geld und Möglichkeiten, um ihre Sucht zu befriedigen. Aber was macht der überaktive Bilanzbuchhalter aus Unter-Purkersdorf, die nimmersatte Friseuse aus der Großfeldsiedlung? Wenn sie Glück haben, begegnen sie uns. Und wir würden ihnen doch eine Zeitlang aushelfen, oder?

Neigen Sie zur Sexsucht?

1. Möchten Sie nach der Lektüre dieses Kapitels noch immer?
2. Würden Sie es sogar im Bett machen?
3. Haben Sie sich das Telefonbuch nur wegen der vielen Nummern angeschafft?
4. Trinken Sie sehr viel Bier?
5. Haben Sie nach dem Geschlechtsverkehr das Bedürfnis, endlich aktiv zu werden?
6. Würden Sie sogar heiraten, um mit jemandem zu schlafen?
7. Brauchen Sie nach jeder Zigarette den »Koitus danach«?
8. Wollen Sie mir nicht Ihre Adresse geben?

Auswertung: Wer weniger als eine Frage mit JA beantworten kann, ist noch nicht sexsüchtig, da ihm die grundsätzliche Bereitschaft fehlt, JA zu sagen.

Wer mehr als acht Fragen beantworten kann, sollte seine Zeit nicht mit Sex vertrödeln, sondern in einem Fernsehquiz auftreten!

Ist Sexsucht heilbar?

Wer einmal der Sucht verfallen ist, hat eigentlich nur noch geringe Chancen auf Resozialisierung. Selbst ein Besuch bei den Anonymen Sexuholikern bringt keinen Heilerfolg, weil sich daraus meist sofort eine Gruppensexorgie entwickelt.

Was kann man also wirklich tun, wenn man davon loskommen will? Lord Peter hat sich folgende Rezepte patentieren lassen:

1. Werden Sie Einsiedler, und beziehen Sie eine gemütliche Höhle irgendwo im steilsten Teil des Karakorum-Gebirges. Auch wenn Sie Ihren Sexualtrieb noch immer nicht im Zaum halten können – wo soll er denn schon hin? Die Versuchung hält sich jedenfalls in Grenzen, es sei denn, Sie stehen auf Reinhold Messner, der dort gelegentlich vorbeischaut.

2. Gehen Sie zum Psychiater! Eine psychiatrische Behandlung dauert jahrelang und kostet eine Unmenge Geld. Dadurch haben Sie viel weniger Zeit und viel weniger Zaster, um dem Laster zu frönen. Und wenn die Behandlung beendet ist, sind Sie zwar noch immer nicht geheilt, aber schon viel zu alt, um irgendwas mit Sex anzufangen.

3. Tun Sie ruhig das, was Sie am liebsten tun, aber auf der Bühne in einer Live-Show. Dadurch werden Sie zwar nicht geheilt, aber wenigstens reich, und bei reichen Leuten wird selbst das perverseste Verhalten nur als kleiner Spleen bezeichnet.

(Eine detaillierte Fassung dieser Rezepte können Sie beim Gesundheitsministerium und in allen führenden Sex-Shops anfordern. Gegen Vorweis eines gültigen Sexkoffers erhalten Sie 3 Prozent Rabatt und eine Stammkundenkarte.)

Sacher-Masoch grüßt de Sade

Die jungen Leute von heute beginnen immer früher mit dem Sex. Natürlich wird er ihnen dann auch früher langweilig. Schließlich ist die Sache ja auch nicht sehr abwechslungsreich. Immer bloß rein-raus und rauf und runter, das geht einem klarerweise mit der Zeit auf den Keks. Da verbannt man endlich die Fließbandarbeit aus den Betrieben, und dann holt sie einen im Schlafzimmer wieder ein!

Was aber tun, wenn simpler Sex uns anödet? Dann gibt es eigentlich nur noch eine Steigerungsstufe auf der Erlebnisskala: Gewalt!

Um gleich jedem Mißverständnis vorzubeugen: Gewalt entsteht nicht nur aus Langeweile. Man kann sie auch lernen. In ärmeren Ländern vornehmlich auf der Straße, in reicheren vor dem Fernsehschirm. Ein Siebzehnjähriger hat bereits an die siebzehntausend Leichen konsumiert – und das sind nur die aus dem Unterhaltungsprogramm! Und wenn jemand alt genug ist, um ins Kino zu gehen, sieht er überhaupt nichts mehr als eine hochbrisante Mischung von Sex & Crime. Gewalt ist das absolute Hauptthema der Populär-Kultur, konstatiert etwa das Nachrichtenmagazin »Newsweek«. Und als Herr Gallup sich wieder mal umfragte, mußte er hören, daß 40 Prozent der Amerikaner sich erst richtig unterhalten fühlen, wenn es schön brutal zugeht.

Die Filmproduzenten tun ihnen den Gefallen. Und Regisseur Jonathan Demme rechtfertigt seinen Kassenknüller »Das Schweigen der Lämmer« mit schönen Worten wie etwa: »Wir wollen genauso furchtbar sein, wie es die Realität ist.«

Nun, vielleicht ist der Ärmste in einer Familie von Psychopathen, Bestien und Menschenfressern aufgewachsen. Irgendwie liegt freilich die Vermutung näher, daß er auch nur Geld verdienen will. Und um konkurrenzfähig zu bleiben, muß das Kino sich schon etwas einfallen lassen. Schließlich gibt es schon Gewaltvideos jeder Art – für besonders teure Kassettenproduktionen werden sogar Frauen und Kinder umgebracht, richtig schön getötet vor laufender Kamera! Da muß Hollywood, wo bislang statt echtem Blut nur Ketchup fließen darf, schon ein bißchen ins Extreme gehen.

Der Boden ist also gut bestellt für alle, die auch im Sex die Brutalität nicht missen wollen. Sadismus und Masochismus ist denn auch ein Lieblingsthema aller Yuppie-Postillen, und immer findet sich ein bedeutender Sexforscher, der dazu erklärt, daß man heutzutage alles dürfen muß, außer eine Perversität als solche zu bezeichnen. Manchmal treibt diese Auffassung recht skurrile Blüten – wie etwa eine »Erotik-Kreativ-Schau« in Wien. Mit dem dezenten Hinweis, daß die bewußte Darstellung unästhetischer Bilder die Wahrhaftigkeit vielfältiger Erotik demonstrieren sollte.

Nun gibt es viele Leute, die durch unästhetische Bilder nicht gerade erotisch kreativ werden, aber das sind eben Banausen. Hoffentlich hat ihnen wenigstens der Masochist gefallen, der sich während der Dauer der Ausstellung dort nackt anketten wollte – Tag und Nacht! (Übrigens: da der Schäferhund, der bisher als Nachtwächter im Sexkoffer-Institut fungierte, mit den Arbeitsbedingungen nicht zufrieden war, denken wir jetzt auch an die Anschaffung eines Masochisten. Kette ist vorhanden, und wir haben auch noch drei Riesentrommeln »Frolic« übrig!)

Masochismus ist jedenfalls so »in« wie selten zuvor. Nicht nur in Österreich, wo er erfunden wurde, sondern überall auf der Welt. Für Folterkammern gibt es heute längere Wartelisten als für Kindergärten – obwohl davon wesentlich mehr eingerichtet werden. Berühmte Dominas müssen immer mehr Kunden abweisen – aber das kommt auch daher, daß die Dominas seltener an ihrem Arbeitsplatz anzutreffen sind als in Talk-Shows oder Popsendungen, wo man ohne die intellektuelle Brillanz der Peitschen-Ladys kaum noch auskommen kann. Gut, wir wollen niemandem seinen Masochismus madig machen. Wer sich vom Finanzamt und von der ORF-Unterhaltungsabteilung noch nicht gequält genug fühlt, soll sich halt auch noch Daumenschrauben anlegen lassen. Ja man kann die Wiedergeburt der Folterkam-

mer sogar aus vollem Herzen begrüßen! Wie wir aus gutunterrichteten Kreisen erfahren, sind besonders viele Politiker unter den Kunden der strengen Damen. Kein Wunder: Selbst der dümmste Politiker spürt unbewußt, daß er Strafe verdient hat! Da ihm aber tagsüber nur Orden und Diäten zuteil werden, muß er eben abends ins Folterkammerl schleichen. Wir können hier nicht im Detail aufführen, wieviel Prügel die hohen Herren bekommen, aber es sei ihnen jeder einzelne Hieb vergönnt!

Während der Masochismus also durchaus gesellschaftsfähig geworden ist, haben viele Menschen gegen den Sadismus doch gewisse Vorbehalte. Noch 1988 wurde er von 90 Prozent der Männer und 96 Prozent der Frauen rundweg abgelehnt. Inzwischen dürfte dieser Prozentsatz freilich gesunken sein, denn der konzentrierte Medieneinsatz für »Lust durch Schmerz« muß ja irgendwo seinen Niederschlag finden. Zumal viele Männer ja nur noch einer kleinen Aufmunterung bedurften. So ein richtiger Kerl war ja immer der Meinung, daß eine Frau ohne ihre tägliche Portion Ohrfeigen todunglücklich sein müsse!

Wenn heute 75 Prozent aller Morde im Familienkreis stattfinden, so ist das freilich nicht nur ein Verdienst von eingefleischten Sadisten. Aber es ist doch eine gute Vorübung für die Endlösung, wenn die Männer zu Hause ein bißchen prügeln und erniedrigen. Bisweilen schlagen gemarterte Frauen und Kinder dann zurück – aber das sind wohl nur ganz gewöhnliche Verbrecher, die man nicht unter die Sadisten einreihen darf.

Sexspezialisten, die dem Sadismus offen und positiv gegenüberstehen, tun das meist mit der Begründung, jeder von uns hätte bisweilen Gewaltphantasien. Was ja auch stimmt. Viele Frauen stellen sich vor, hilflos einem Mann ausgeliefert zu sein, erniedrigt und vergewaltigt zu werden. Aber was sie in der Phantasie erregt, finden sie in der Wirklichkeit überhaupt nicht komisch! Nun können zwei kluge Partner sehr wohl eine spielerische Komponente von Drohung und Unterwerfung in ihr Sexprogramm einbauen. Aber die beiden Klugen haben sowieso keine Probleme, schlimm hingegen ist es für die Millionen, die nicht wissen, wo ein Spiel aufhört und die reine Brutalität beginnt.
Gewiß kann man aus Sadismus einen Lustgewinn ziehen. Das reicht von kleinen Worten bis zu großen Taten: Ein berühmter englischer Richter konnte beispielsweise nur zum sexuellen Höhepunkt kommen, wenn er ein Todesurteil unterschrieb. Er machte von dieser Möglichkeit denn auch eifrig Gebrauch. So weit kommt es im Normalfall natürlich nicht, aber die Frage bleibt immer: Wenn man einmal damit anfängt, wohin führt es? Einem Jogger wird es auch allmählich zu dumm, täglich nur zwei Meter zu joggen. Also probiert er es mit drei, schließlich mit vier Metern! Gut, das ist eher ein Masochist, aber dem Sadisten geht es genauso: Damit die Wirkung erhalten bleibt, muß die Dosis gesteigert werden!
Was so preisgünstig mit ein paar Ohrfeigen begonnen hat, wird schließlich ein teurer Spaß, wenn man Stiefel und Sporen, Peitschen und Ketten und jedes Jahr eine neue Folterkammer anschaffen muß. Und vielleicht sogar eine neue Frau, denn die Partnerin verschleißt sich ja bei einer solchen Behandlung doch ziemlich rasch.
Also fallen Sie lieber nicht auf irgendwelche Sexberater herein, die Ihnen weismachen wollen, daß solche Praktiken Ihre Beziehung beleben. Gewalt ist noch immer das Gegenteil von Liebe – und die belebt Ihr Sexlife doch am nachhaltigsten.

Das kommt in den besten Familien vor

Am 5. Juni 1981 warnte die amerikanische Seuchenkontrollbehörde das erste Mal vor einer mysteriösen Krankheit, die das menschliche Immunsystem angreift. Man nannte sie Aids, und ansonsten wußte man nicht viel damit anzufangen. Etwa zwei Jahre später wurde die Ursache für das ganze Schlamassel entdeckt: das HIV-Virus. Und sofort begann der Gelehrtenstreit, wer den Bösewicht zuerst identifiziert hätte: Dr. Gallo aus Amerika oder Dr. Montagnier aus Paris. Inzwischen mußte Dr. Gallo zugeben, daß es doch Dr. Montagnier war, aber das ist auch schon das einzige ernst zu nehmende Ergebnis, das die Aids-Forschung innerhalb von zehn Jahren erbracht hat.

Die nackten Fakten sind also betrüblich: kein Medikament für Aids-Kranke, kein Impfstoff zur Vorbeugung, kein Geld für die Betreuung der Opfer und eine völlig verworrene Aufklärung für diejenigen, die sich nicht unbedingt anstecken möchten.

Schon die Zahlen, die immer wieder vorgelegt werden, sind widersprüchlich. Dieselbe Zeitung spricht einmal von 7 500 Erkrankten in der Bundesrepublik und gibt ein andermal an: »41 000 Aids-Kranke in Deutschland«. Und wenn es um die ganze Welt geht, dann verschätzen sich die Statistiker gleich um Millionen. Schon weil eine kleine sprachliche Verwirrung herrscht. Man muß nämlich zwei Gruppen unterscheiden:

a) Die Aids-Kranken: bei ihnen ist die Krankheit bereits ausgebrochen und wird in einem relativ kurzen Zeitraum zum Tod führen.
b) Die HIV-Positiven: sie sind mit dem Virus infiziert, die Krankheit ist aber noch nicht ausgebrochen, es besteht die

Chance, daß sie bis zur Entdeckung eines Gegenmittels durchhalten.

Das sollte man beim Lesen der Statistik berücksichtigen. Was sie sonst sagt, stimmt in manchen Fällen. Beispielsweise: daß es in Afrika am schlimmsten steht, daß Lateinamerika und Asien rasch aufholen und daß Aids nicht mehr auf Randgruppen beschränkt ist und immer mehr Frauen und Kinder infiziert werden. Alle Hochrechnungen aus den vergangenen Jahren haben sich freilich nicht bestätigt, und so bleibt uns für die Zukunft auch wieder eine Hoffnung. Die allerdings darunter leidet, daß auch eine andere Prophezeiung nicht eingetroffen ist: Die Menschen haben seit dem Ausbruch der Seuche ihr Sexualverhalten nicht entscheidend verändert!

Nach einer Statistik der Pan American Health Organisation verteilten sich die Aids-Fälle 1990 auf folgende Gruppen: durch Geschlechtsverkehr bei Homosexuellen und Bisexuellen: 65 Prozent, bei Heterosexuellen 6 Prozent. Durch Spritzen von Drogen infizierten sich 24 Prozent, durch Bluttransfusionen 4 Prozent, und 1 Prozent waren Babys, die durch eine kranke Mutter infiziert wurden.

Ein bißchen wird sich das gewiß ändern. Da in homosexuellen Kreisen die intensivste Aufklärung läuft, wird es hier bald weniger Opfer geben. Auch die Blutkonserven werden bald ungefährlich sein. Sogar in Frankreich, wo gewisse Geschäftemacher noch bis vor kurzem alle Regeln der Vernunft und der Hygiene außer acht ließen.

Bei den Drogensüchtigen ist wenig Hoffnung. Wer soweit ist, daß er sich selbst ein tödliches Gift in die Adern schießt, wird auch über andere Todesarten nicht lange nachdenken. Und größer wird die Zahl derer, die sich durch ganz normale sexuelle Kontakte anstecken. Weil sie ganz einfach zu dumm sind, Vorsichtsmaßnahmen zu ergreifen. Und zu wenig aufgeklärt.

Eine Umfrage unter Wiener Schülern brachte ganz tolle Ergebnisse zutage:

- 31 Prozent glauben, daß man von einem Gelsenstich Aids kriegen kann!

- Über 70 Prozent halten Zungenküsse für gefährlich!
- 12 Prozent glauben, daß die Antibaby-Pille davor schützt!
- 50 Prozent denken, daß ein HIV-Test die Krankheit verhindert!
- Nur 5 Prozent der Jugendlichen sind gut informiert – und auch die halten nicht viel von Vorbeugung!

Aber woher sollen die Kinder ihre Weisheiten nehmen, wenn selbst die Fachleute bei der Aids-Prüfung durchfallen? Und zwar in mehr als einer Beziehung! Bei einer Umfrage unter steirischen Ärzten gab etwa die Hälfte freiwillig zu, nicht genügend mit diesem Problem vertraut zu sein. Und was noch schlimmer ist, sie wollen es auch nicht werden! 56 Prozent der Befragten würden einen HIV-Verdächtigen an eine andere Stelle überweisen – und mit einem tatsächlich HIV-Positiven würden sich überhaupt nur noch 8 Prozent dieser Ärzte abgeben!

Die Chancen für Aids-Infizierte stehen schlecht hierzulande. Also lohnt es sich vielleicht doch, rechtzeitig Vorsichtsmaßnahmen zu ergreifen. Aber vorher muß man wohl einmal rekapitulieren, wie man überhaupt angesteckt werden kann:

1. Durch das Blut der Mutter: davon sind aber nur Neugeborene betroffen, die das hier leider noch nicht lesen können.
2. Durch Bluttransfusionen: kaum noch möglich.
3. Wenn man dieselbe Heroinspritze benützt wie ein Infizierter: kommt für Sexkoffer-Leser kaum in Betracht, denn wer auf Sex steht, verwendet keine Drogen, weil alle Drogen letztendlich den Sexualtrieb abtöten.
4. Durch den Geschlechtsverkehr: und zwar nicht mit Gelsen, sondern mit infizierten Personen – denen man es aber leider nicht ansieht.

Und wie schützt man sich vor der Ansteckung? Da gibt es verschiedene Stärkegrade auf der Brutal-Skala von Lord Peter:

6 Man erschießt sich rechtzeitig mit einer vorher desinfizierten Kugel: das ist die brutalste Methode, aber sie wirkt immer.
5 Man lebt in vollkommener sexueller Enthaltsamkeit: weniger brutal, aber manche ziehen das Erschießen noch vor.
4 Man sucht sich einen gesunden Partner und lebt mit ihm in Treue bis ans Ende: machbar, aber hart.
3 Man läßt sich von jedem Partner ein ärztliches Attest vorweisen, ehe man mit ihm ins Bett geht: wirkt ziemlich bürokratisch und dämpft oft die Romantik.
2 Man läßt sich nicht wahllos mit allen ein, die einem über den Weg laufen: das verringert das Risiko, schließt es aber nicht aus.
1 Man verwendet ein Kondom: die sanfteste Lösung und praktisch hundertprozentig sicher. Also nur nicht vom Papst unsicher machen lassen!

Und zum Abschluß noch die sicherste Methode, um sich Aids zuzuziehen: Man fliegt nach Afrika und schläft mit einem bisexuellen, drogenabhängigen, streng katholischen Strichjungen aus armen Verhältnissen.

Aids für Gesunde

Wenn man es genau betrachtet, so ist die schlimmste Folge von Aids vielleicht gar nicht das vorgezogene Sterben, sondern das Leben mit der Krankheit. Denn gerade weil die meisten Menschen denken, ihnen könne das nicht passieren, gehen sie mit den Infizierten hart ins Gericht. Kinder werden aus Horten und Schulen gewiesen, Erwachsene verlieren Arbeitsplatz und Freunde.

Ein Gesunder kann sich schwer vorstellen, was es für einen Menschen bedeutet, wenn er den Bescheid erhält, HIV-Positiv zu sein. Aber man kann sich sehr wohl vorstellen, daß ein Mensch dann noch mehr Hilfe, Freundschaft und Zuneigung braucht als je zuvor.

Statt dessen wird er isoliert, allein gelassen. Meist nicht aus Bosheit, sondern aus Angst.

Die Angst um das eigene Leben darf man niemandem übelnehmen, aber hier ist sie überflüssig: Der normale Umgang mit einer infizierten Person bedeutet keinerlei Gefahr!

Sie kriegen keine Leberzirrhose, wenn Sie einen Alkoholiker umarmen, und Sie werden nicht zuckerkrank, wenn Sie einem Diabetiker die Hand geben. Aids kann durch Blut oder Sperma übertragen werden, aber wenn Sie mit einem Infizierten nicht gerade Blutsbrüderschaft schließen oder sexuell verkehren wollen, gibt es praktisch kein Risiko.

Gewöhnen Sie sich rechtzeitig an den Gedanken: Bald wird jeder in seinem Freundeskreis eine infizierte Person haben – und da zeigt sich dann erst, ob es ein Freundeskreis ist.

Hilfe von offiziellen Stellen haben Aids-Kranke nicht allzuviel zu erwarten. Zwar macht die deutsche Bundestagspräsidentin in

Fernsehspots für die Aids-Hilfe Stimmung, aber bei einer Politikerin, die gerade durch eine Affäre um ihre drei Dienstautos ins Gerede kam, wirkt ein soziales Anliegen immer ein bißchen unglaubhaft. Und wenn Prinzessin Diana in England für den National Aids Trust wirbt, reißt es uns auch nicht gleich die Brieftasche vom Herzen. Der kleine Mann fragt sich halt manchmal, warum immer nur er soll und die Politiker selbst nichts tun.
Bitte, manche tun ja. Vor allem sind sie aktiv, wenn es ums Kürzen geht. Die Weltgesundheitsorganisation kürzte ihr Aids-Budget um 300 Millionen Schilling. Die Österreichische Aids-Hilfe ist bankrott. Die Infektionsstation in Berlin wird aus Ersparnisgründen geschlossen – Kranke, die sich an die Behandlung und die Betreuer gewöhnt haben, stehen hilflos da. Die 19jährige Krankenschwester Heike, eine von diesen bemerkenswerten Menschen, die sich selbstlos der Aids-Opfer annehmen, hat es so kurz und treffend gesagt wie niemand bisher: »Denen wird gerade das Totenbett unterm Arsch weggezogen!«
Für diesen Satz sollte man ihr eigentlich den Literatur-Nobelpreis verleihen – und man wäre sicher, sie wüßte mit dem Geld Besseres anzufangen als die schwachbrüstigen Schreiberlinge, die ihn sonst bekommen.
Aber bis dahin müssen wir wohl selbst etwas tun. Denn gerade weil es so erschreckend ist, daß Aids unseren Körper infizieren kann, ist es so wichtig, daß es unser Denken infiziert!

III.

TAT-
SEX-
LICHES

Der Pornojäger

Zu den Berufen, die von der hemmungslosen Sexualität unserer Tage besonders profitieren, gehört der Pornojäger. Man kann die Wurzeln dieses Berufsstandes bis tief in die Vergangenheit zurückverfolgen: über die Zensoren des tausendjährigen Reiches, die besonders das neugeschaffene Delikt der »Rassenschande« verfolgten, über Maria Theresias »Keuschheitskommission« und die spanische Inquisition bis direkt hin zum lieben Gott, dem schon das Verspeisen von Tafelobst ein Dorn im Auge war. So gesehen, ist die Pornojagd mindestens das zweitälteste Gewerbe der Welt. Freilich wurde es meist von offiziellen, das heißt staatlichen oder kirchlichen Behörden ausgeübt, der moderne Pornojäger hingegen ist ein einfacher Privatunternehmer. Deshalb Vorsicht bei der Berufswahl!

Österreich ist ein Beamtenstaat. Selbständige, ganz gleich welcher Sparte, werden hierzulande als schwarze Schafe betrachtet und haben allerlei Schikanen zu erdulden. Und noch ein Risiko birgt dieser Beruf: die Schmutzkonkurrenz ist gewaltig. Es gibt einfach zu viele Sonntagsjäger – Erzieher, Lehrer, Gesetzgeber, Hausmeister, Parkwächter und Laienapostel betreiben die Pornojagd im Pfusch.

Auch ganze Gruppen wildern in diesem Revier, besonders Familienverbände, Kartellverbände und was es sonst noch für Verbandszeug gibt. Und dann gibt es auch noch die offiziellen Organe, die der Unzuchtsbekämpfung dienen: Staatsanwälte, die die Dinge noch beim Namen nennen und ein Frauenzimmer den Gesetzen entsprechend als »Weibsperson« bezeichnen, oder jenen rundum beliebten Bischof, der das Obszöne auch aus der

Rockmusik heraushört oder meint, daß man durch eine Vergewaltigung ohnehin nicht schwanger werden könne. Daß sich die Kirche aufgrund dieser Ansicht dazu entschließen könnte, die Vergewaltigung als natürliche Methode zur Empfängnisverhütung zu empfehlen, ist bislang freilich nur ein Gerücht.

Pornojäger zu werden, das ist also gewiß keine leichte Entscheidung. Aber wer es wirklich will, wird es sich ohnehin nicht ausreden lassen, denn es ist mehr als ein Beruf, es ist eine Berufung. Und mit viel Fleiß und etwas schmutziger Phantasie kann man es auch weit bringen. Das größte Vorbild in dieser Branche ist und bleibt Martin Humer, Österreichs oberste sittliche Instanz. Ein Mann, der gerade weil er den Gipfel von Ruhm und Erfolg erreicht hat, der Bergpredigt einen neuen Sinn gibt. »Selig sind die Armen im Geiste, denn ihrer ist das Himmelreich!« heißt es da, und bisher ist das Gegenteil nicht bewiesen. Für geiles Gold war dem Humer jedenfalls seine Tugend nie feil. Mit seiner Erfahrung im Pornogeschäft könnte er heute als Videocassettenverleiher, Sexshopbesitzer oder Puffmutter massenhaft Geld verdienen. Aber er ist bescheiden geblieben. Ein Suchender. Nicht das winzigste Schamhaar, nicht die blasseste Brustwarze entgeht seinem strafenden Blick. Und wenn er seine Lebensaufgabe mit den schlichten Worten umreißt: »Ich arbeite im Saustall des Herrn!«, dann heißt das nicht, daß er als Abgeordneter ins Parlament eingezogen ist oder als Chefredakteur bei einem Männermagazin. Sondern daß er weiterhin seine Pflicht tut. An der Basis. An vorderster Front, dort wo sich Vagina und Penis feindlich gegenüberstehen.

Nicht jeder Pornojäger wird es so weit bringen. Im Saustall des Herrn auszumisten bleibt oft nur ein Traum. Manche werden sich ihr Leben lang mit ganz kleinen Ferkelchen begnügen müssen. Es ist ein harter Job. Tagtäglich muß man sich mit wildgewordenen Genitalien herumschlagen, stundenlang in Pornokinos sitzen, Nacktbadestrände observieren, Schamhaare zählen und in obszönen Magazinen blättern. Wer sich solcher Schwerstarbeit nicht gewachsen fühlt, sollte lieber gleich Beamter werden – es ist sicher noch eine Stelle als zweiter Briefmarkenbefeuchter beim Postamt Simmering frei. Aber wer weder Mühen noch Kosten scheut, um sich in die Intimspähre seiner Mitmenschen zu mischen, kann aus diesem Beruf die Befriedigung schöpfen, die ihm sonst im Leben versagt bleibt.

Berufsbezeichnung: Pornojäger

Bildungsweg: eine spezielle Schulbildung ist nicht erforderlich, jeder Dorftrottel kann Pornojäger werden, aber vier Semester Moraltheologie und ein Praktikum auf der Reeperbahn sind empfehlenswert.

Günstige Voraussetzungen: unbändige Sittlichkeit, selbstbewußte Ignoranz, Widerstandsfähigkeit gegen wissenschaftliche Erkenntnisse, Neigung zum Denunziantentum.

Erwünschtes Berufsziel: Abschaffung der Sexualität.

Einkommen: unregelmäßig. Der Pornojäger lebt von den freiwilligen Spenden Gleichgesinnter. Bei besonders dringlichen Projekten wie der Einführung von Inquisition, Kastration, Denunziation und Frustration kann er jedoch auch mit staatlicher und kirchlicher Förderung rechnen.

Aufstiegsmöglichkeiten: hervorragend. Er kann jederzeit ganz nach oben kommen. Aber bitte bedenken Sie: Für einen Pornojäger muß der Himmel die Hölle sein!

Grundausstattung für Pornojäger

1. Fernglas (Einweg-Glas mit Nachtbeleuchtung)
2. Fotokamera (Olympus Super Zoom mit automatischer Blößeneinstellung)
3. Rucksack mit Beweismaterial (Beute)
4. Gamsbart als Symbol für die Jagd
5. Gummistiefel zum Waten in Schmutz und Schund
6. Gesetzbuch (Band U: Unzucht bis Verführung)
7. Zensurstreifen (selbstklebend, busenfreundlich)
8. Schere (Papierschere mit Spezialschliff, kastrationsgeeignet)
9. Bibel (Hardcover, auch zur Selbstverteidigung)
10. Haftbefehle (gültig für die führenden Gerichtshöfe Österreichs)
11. Mistkübel zum Wühlen (nach dem Mülltrennungsgesetz darf dieser Container nur mit Haushaltsabfällen, zum Beispiel gebrauchten Blondinen, gefüllt werden)

Die Sextanten

Natürlich geht es in einem Buch wie diesem dabei nicht um den Plural des Winkelmeßinstruments. Vielmehr kann man heute nichts mehr aufschlagen – kein Buch, keine Zeitung und vor allem kein Zeitgeistmagazin –, ohne gleich von einem Sexberater attackiert zu werden. Man traut sich ja kaum noch sein Frühstücksei aufzuschlagen vor Angst, auch da hüpft gleich ein Bornemann heraus, gefolgt von Gerti Senger, Rotraut Perner und wie sie sonst noch alle heißen, die uns pausenlos ohne Erbarmen Lust und Liebe verordnen.

Und selbst die Glücklichen, die nicht lesen können – ein Ziel, das in Österreich immer mehr Menschen anstreben –, kommen nicht unaufgeklärt davon. Auch der Rundfunk ist in seinem Nachtprogramm schon sehr unterleibsfreundlich geworden, und wer sich nichtsahnend ans Kabel hängt, auf den lauert jeden Dienstag Erika Berger bei RTL Frust.

Wenn man vom internationalen Buchmarkt absieht, wo alljährlich ein Dutzend Bettseller erscheinen, die uns ein für allemal erklären, warum wir bisher so lausige Liebhaber waren und daß jetzt alles anders wird, wenn man sich sozusagen am heimischen Herd das Herz erwärmen will, wird man feststellen, daß es eigentlich immer dieselben Leute sind, die auf Papier oder Ätherwellen Sexuelles absondern. Eine kleine, handverlesene Schar von Experten. Nur weiß man leider nicht, wer sie verlesen hat. Bei den Sexpäpsten ist es nämlich so wie bei den Freßpäpsten: sie geben sich selbst die Berechtigung, über unsere fleischlichen Genüsse zu urteilen.

Hat denn je ein Chefarzt der Gebietskrankenkasse überprüft, ob Wolfram Siebeck wirklich eine feinere Zunge hat als der Rest der

Menschheit? Hat der Konsumentenschutzverband schon mal den Geschmackspapillen von Herrn Gault und Herrn Millau ein Zeugnis für hervorragendes Kauen und Verdauen ausgestellt? Nein, sie sagen einfach, daß sie es können, und wer als Feinschmecker gelten will, hat das zu essen, was ihnen schmeckt.
Auch die Sexexperten haben sich meist selbst zu solchen gesalbt. Natürlich mit Abstufungen. Manche haben vorher sogar einmal ein artverwandtes Gebiet studiert oder als Therapeuten in der Praxis Erfahrung gesammelt. Aber das muß nicht sein. Grundvoraussetzung für diesen Beruf ist eine gewisse Chuzpe. Die braucht man schon, besonders wenn man via Rundfunk oder Fernsehen in der Intimsphäre eines Unbekannten aufräumt. Um in einem Dreiminutentelefonat – möglichst zwischen zwei Liebesliedern von Thomas Forstner – einem anonymen Anrufer den Weg in ein besseres Diesseits zu weisen, muß man schon ein Maß an Selbstüberschätzung und Verantwortungslosigkeit mitbringen, wie es sonst nur langgedienten Politikern zu eigen ist. Gut, man weiß: Die Mehrzahl der Anrufer sind obskure Spaßvögel oder Stammtischbrüder, die nach der Sperrstunde noch irgendwo weiter schweinigeln wollen – und sei es auch nur am Telefon!
Aber ein paar haben echte Probleme. Ein paar sind krank. Das drückt dann ein wenig auf die Stimmung, aber deswegen sollte man sich doch nicht gleich die ganze Show schmeißen lassen.
Nein, Sexualaufklärung gehört heute zu den festen Bestandteilen der Unterhaltungsindustrie, und die Nachfrage ist ständig steigend. Sogar den alten Kolle haben sie jetzt wieder gelegentlich ausgraben müssen, weil es an Nachwuchs mangelt. Obwohl man über Nacht ein Star werden kann, fehlt dem Fernsehen noch immer ein Gottschalk des Geschlechtsverkehrs, eine Koller des Koitus.
Freilich, wer jetzt angeregt wurde, diesen Beruf zu erwählen, darf eines nicht vergessen: Ohne Fleiß kein Preis! Gerade weil es so wenige prominente Aufklärer gibt, muß jeder ein ungeheures Arbeitspensum bewältigen. Jedes Schickimicki-Magazin braucht ein lockeres Feature über die erotische Signalwirkung von Gummistiefeln (»Delka weiß, was Frauen wünschen«), jede Sonntagsbeilage will ein paar Tips über Nekrophilie und Analverkehr (»Lieber tot als Tempo 80«). So hektisch ist die Nachfrage in dieser Branche, daß dann selbst den Besten mal ein Ausrutscher

passiert. So schrieb etwa die allseits geachtete Therapeutin Dr. Rotraut Perner zum Thema Fetischismus 1991 im »Wiener«: »Wenn Sie bedenken, vor 40 Jahren durften nur Polizisten und Jäger Leder tragen.«
Also, wenn Sie das wirklich bedenken, ist das natürlich Quatsch. Leder wurde so ziemlich seit Anbeginn der Welt getragen, von Bonzen und Bauern gleichermaßen. Sogar von Jungfrauen – bei diversen Völkern Asiens wurden sie, weil es an Keuschheitsgürteln mangelte, in Lederhosen eingenäht. Und was ist mit den Indianern? Mit »Lederstrumpf« (seit 1823) und den »Ledernakken« (seit 1775)? Und später die Lederjacke der Bomberpiloten, die Ledermäntelelite der Nazizeit? Gut, vielleicht verdrängt man das lieber. Aber wo waren Sie, Frau Doktor, vor mehr als vierzig Jahren, als die Kinder noch in Lederhosen herumlaufen mußten, lange bevor Sie Fetischismus überhaupt buchstabieren konnten? Ja, es ist nicht leicht, alle fünf Sinne beisammenzuhalten, wenn man ständig Sex im Kopf hat.
Aber das sollte niemanden abschrecken, diesen Beruf zu wählen. Fleiß braucht man auch anderswo, und Sextante zu werden ist immer noch angenehmer, als im Bergwerk zu arbeiten. Übrigens ist die Bezeichnung »Sextante« keineswegs abwertend gemeint. Wir wollen damit nur ausdrücken, daß in der Aufklärungsbranche zwischen Täter und Opfer ein fast verwandtschaftliches Verhältnis herrscht. Und es ist auch nicht geschlechtsspezifisch zu verstehen. Auch ein Mann kann eine Sextante sein – ja, jetzt denken Sie natürlich wieder an den Bornemann –, aber eigentlich wollten wir sagen: wie zum Beispiel der Autor dieses Buches. Ätsch!
Wie gesagt, der Beruf verlangt eine gewisse Hingabe, aber er bietet auch einige kleine Vorteile. Man kann damit ganz viel Geld verdienen. Oder irre berühmt werden. Wie der Kinsey. Oder die Gerti Senger. Daß gerade die beiden wichtigsten Punkte, die sie uns immer vor Augen hält, nämlich der G-Punkt und der S-Punkt, nach ihren Initialen benannt wurden, ist nur eine kleine Würdigung ihres Lebenswerkes.
Aber man muß sich auch immer etwas Neues einfallen lassen. Dr. Erika Berger weiß das und hat auch schon – wie sie in der Intellektuellenzeitschrift »Tutti Frutti Magazin« ausplauderte – die Idealvorstellung einer neuen Art ihrer Sendung »Eine Chance für die Liebe«. Nämlich: »Wenn einer unter Ejaculatio

praecox leidet, soll er am Telefon mit einem Mann sprechen, der auch immer frühzeitigen Samenerguß hat.«
Spritzig, gelt? Das wird vielleicht das kürzeste Telefonat aller Zeiten, aber ein »Bambi« müßte schon dabei herausspringen für die Frau Berger.
Und nun die wesentlichen Fakten für alle, die sich ernsthaft dieser Laufbahn widmen wollen:

Berufsbezeichnung: Sextanten
Ausbildung: keine. Lediglich gewisse Kenntnis in Lesen und Schreiben sind erwünscht. Schließlich muß man hin und wieder die »Mutzenbacher« oder den »Hustler« durchblättern, um Anregungen zu finden, und man sollte das, was man sagt, auch niederschreiben können, um einen Bestseller daraus zu machen.
Günstige Voraussetzungen: Redegewandtheit, telegene Erscheinung, Besserwisserei, Bluff-Praxis, starker Magen.
Erwünschtes Berufsziel: Sexpapst für alle Konfessionen.
Einkommen: Verbalsex bringt auf die Dauer mehr als Oralsex. Nach obenhin sind dem Einkommen keine Grenzen gesetzt. Selbst Johanna Dohnal, die sich als Ministerin mit »Frauenfragen« – also nur mit einem Teilgebiet der Sexualität – beschäftigt, verdient damit noch 2 240 000 Schilling jährlich.
Aufstiegsmöglichkeiten: Illustrierten-Kolumne, Lehrstuhl für Sexualwissenschaft, eigene Fernsehshow, Chefdesigner bei Beate Uhse, selbständiger Unternehmer mit eigenem Kur-Bordell.

Die Dirnen

Wenn man von der käuflichen Liebe redet, muß man sich gleich einmal verbessern: Käufliche Liebe gab es nie. Käuflichen Sex immer. Aber auch dabei macht die Gesellschaft feine Unterschiede. Wir alle kennen die Illustriertenberichte: »Hochzeit des Jahres! Der 93jährige griechische Milliardär Aristoteles Sokrates Patriarchos und seine Auserwählte, die 15jährige Ziegenhirtin Madonna Kowalski aus Manhattan.« Wenn eine Frau also – beispielsweise durch Heirat – ihren Körper gezielt an einen einzigen Mann verkauft, spricht man vom heiligen Sakrament der Ehe.

Die gewerbsmäßige und wahllose Hingabe des eigenen Körpers zu geschlechtlichen Zwecken hingegen heißt Prostitution.

Die Prostitution wird gerne als »das älteste Gewerbe der Welt« bezeichnet, und beim Anblick mancher mühsam den Strich entlang humpelnder Wiener Vorstadt-Kurtisanen findet man diesen Verdacht nicht ganz unbegründet.

Aber während manch anderes Gewerbe im Lauf der Geschichte fast ausgestorben ist – selbst Lampenputzer, Sänftenträger und Druiden sieht man nur noch sehr selten –, steht das Gunstgewerbe weiterhin in voller Blüte. In Deutschland beispielsweise zieht es eine Million Männer täglich zu Prostituierten.

In Österreich sind es entsprechend der Bevölkerungszahl natürlich weniger, aber wo auch immer: Sex ist Big Busineß. Die Umsätze bewegen sich in schwindelerregenden Höhen, und die Nachfrage ist eher im Steigen.

Wenn nun eine Frau, angeregt von diesen lockenden Berufsaussichten, unter ihr bisheriges Leben einen Strich ziehen möchte, muß sie sich erst einmal klarmachen, auf welche Art sie ihre

Ware feilbieten möchte. Im Lauf der Geschichte haben sich nämlich auf dem Gebiet der Prostitution verschiedene Spezialdisziplinen entwickelt. Wir nennen als Beispiel nur die folgenden:

Hetäre: Diese Damen im alten Griechenland zeichneten sich nicht nur durch Schönheit, sondern auch durch eine hohe Bildung aus. Kein Wunder, daß sie ausgestorben sind.
Geisha: Auch ein sehr anstrengender Beruf, für den man viel lernen muß. Eine Geisha muß zumindest Ikebana, Matsushita, Sayonara und Harakiri beherrschen – für Europäerinnen aussichtslos.
Straßendirne: Wer gut zu Fuß ist, Wind und Wetter nicht scheut, kann dabei sein Auskommen finden.
Teilzeit-Nutte: Meist Hausfrauen, die das Wirtschaftsgeld ein bißchen aufbessern wollen und kleine Rücklagen im Auge haben.
Masseuse: Insassen von Massagesalons, nicht zu verwechseln mit dem, was die Krankenkasse als Heilmassage empfiehlt.
Baby: Minderjährige, meist heroinabhängig, die durch ihre Sucht gezwungen sind, ihr bißchen Körper zu verkaufen.
Callgirl: Luxusware, körperlich von anderen Frauen nicht zu unterscheiden, aber sie haben Telefon.
Domina: Vielleicht die vergnüglichste Art, aus Männern Kapital zu schlagen.
Sextherapeutin: Eine ganz besondere Abart: die Dame ist keine Prostituierte, obwohl sie für Geld mit Männern schläft, etwa im »Institute for Sex Education and Research« in Birmingham, wo sie den Herren über Potenzprobleme hinweghelfen soll. Grundvoraussetzung für eine Bewerbung: die Frau soll mindestens 30 Jahre alt und nicht zu attraktiv sein.

Man sieht, die Bandbreite der Prostitution ist nicht zu unterschätzen. In Österreich darf man freilich seine Erwartungen nicht zu hoch schrauben. Eine Sextherapeutin beispielsweise ist hierzulande eine ganz honorige Person, die sich keineswegs auf amouröse Beziehungen mit ihren Patienten einläßt. Geishas gibt es überhaupt keine, und Callgirls – wohl wegen der extrem hohen Gebühren der österreichischen Post – nur ganz wenige.
Auch Bordelle und Massagesalons halten sich in Grenzen. Für Anfängerinnen bleibt also hauptsächlich der traditionelle Stra-

ßenstrich, die Animation in einschlägigen Lokalen oder das Heimservice im Gemeindebau.
Freilich, ein reines Honiglecken ist das auch nicht, denn auch die Konkurrenz ist allerorten unterwegs im Verkehr. Besonders die Importe aus Asien und Osteuropa können einer aufstrebenden Gunstgewerblerin so machen Strich durch die Rechnung machen. Dann gibt es noch die Geheimprostituierten, die billig im Pfusch arbeiten. Zum Glück schreitet in solchen Fällen die Polizei ein – aber wogegen selbst die Amtsgewalt machtlos ist, das sind die vielen anständigen Frauen, die es ohne Bezahlung nur zum Spaß machen. Das ist das wahre Problem der Nutten!
Die jungen Mädchen, mit Vollwertkost und Vitaminen gedopt, fangen immer früher damit an, und die reiferen Damen, mit Hormonen und Geriatrica konserviert, hören immer später damit auf. So werden die Gratisangebote zwischen Schulhof und Friedhof immer mehr, und die Professionellen müssen schon wahre Wunder vollbringen, um ihre Kundschaft bei der Stange zu halten.
Da es also kein ganz leichter Job ist, fragt man sich, weshalb noch immer so viele junge Mädchen diese Laufbahn anstreben. Nun, es ist gewiß etwas kuscheliger, seine Arbeit im Bett zu machen als in der Fabrik. Man hat eine gleitende Arbeitszeit, und es gibt keine Stechuhr. Man lernt dauernd neue Gesichter kennen – also vielleicht nicht gerade Gesichter, aber über mangelnde

zwischenmenschliche Kontakte braucht man sich nicht zu beklagen.
Man kann reisen, ist mal in Rimini und mal auf der Reeperbahn. Schöne Kleider, Pelze, Schmuck, schnelle Autos, Veuve Clicquot und zärtliche Barmusik – welcher Beruf bietet das sonst noch? Vor allem, wenn man so richtig schön doof und faul ist und selbst das WIFI-Fortbildungsseminar für angewandtes Sockenstopfen meidet, um nicht im Freundeskreis als Intellektuelle verschrien zu sein! Und ist es nicht wunderbar, wenn man für etwas, was man ohnehin tun wollte, auch noch Geld kriegt? Viel Geld?
Freilich, wenn man sich heutzutage als Hure behaupten will, muß man schon ein bißchen Werbung betreiben. Bei den einfachen Typen heißt das, sie wackeln mit dem Hintern, wenn sie nachts den Gürtel entlangstolzieren. Aber so richtig Klasse zeigt erst, wer inseriert. Und nicht etwa in irgendwelchen Sudelblättern, sondern dort, wo man auch geile Gymnasiasten und zeitgeistgeschädigte Yuppies erreicht. Etwa in Österreichs größter Illustrierten, dem »Wiener«. Da kann man seine Spezialitäten bestens ins Licht der Öffentlichkeit rücken.
»Unbeschreiblich! Unvergeßlich! Der glatte Wahnsinn erwartet Dich!...«
Das klingt schon irgendwie verheißungsvoll, andererseits deutet viel darauf hin, daß man dabei geistige Schäden erleiden könnte. Da liest man doch lieber weiter, bis ein »Schwarzhaariges Mädchen mit schönen Brüsten und süßem Po« auftaucht. Die Schwarze offeriert nicht nur »Onanie zum Zusehen und Mitmachen«, sondern auch »Fesselung, Klistier und Schwanzdressur«!

Das ist fürwahr kein Kinderspiel, das kann jeder bestätigen, der sich schon einmal mit der Hohen Schule der Schwanzdressur beschäftigt hat. Aber dafür ist man mit einem dressierten Schwanz auch der Mittelpunkt jeder

Party und kann vielleicht sogar in André Hellers nächstem Varietéprogramm auftreten.
Wen das noch nicht genügend anturnt, der findet im nämlichen Heft des »Wiener« auch noch das optimale Angebot:
»Unsere Anstalt ist ausschließlich für bizarr Interessierte und Versierte! Wir betreiben kein lapidares Domina-Studio. Unsere Dienstleistungen hängen mit Langzeitinhaftierungen zusammen. Unsere Zellen sind ordentlich mit Gittern und den modernsten Fesselungsmethoden ausgestattet. Die Vorgangsweise ist streng und kompromißlos! Sie werden in den Zellen Dunkelheit, Einsamkeit, Panik erleiden müssen. Am Ende der Strafdauer werden Sie Ihre eigene Person wesentlich besser kennengelernt haben ...«
Hoffentlich liest auch Amnesty International dieses Inserat! Das klingt ja beinahe wie die Werbekampagne für ein türkisches Untersuchungsgefängnis! Außerdem, wer Sex sucht, will ja kaum seine eigene Person kennenlernen, sondern eine andere. Und die meisten Kunden wenden sich nicht an Prostituierte, um Einsamkeit zu erleiden, sondern um ihr zu entfliehen.
Man kann diese Anstalt also vielleicht doch nur bedingt empfehlen, denn jedes bessere Zuchthaus bietet dieselben Dienstleistungen gratis und stellt sogar noch einen Abholdienst. Aber die zitierten Kleinanzeigen beweisen doch, daß man sich auch im Sex-Busineß immer wieder etwas Neues einfallen lassen muß, um wirklich erfolgreich zu sein. Denn, wie gesagt, die Konkurrenz ist groß: Allein in Wien gehen etwa 3 000 Damen auf den Strich. Falls Sie künftig dazugehören wollen, informieren Sie sich hier über die Branche:

Berufsbezeichnung: Kauffrau für Sexualbedarf

Ausbildung: Nur Geheimdienste bilden ihre Agentinnen noch in Sex am lebenden Objekt aus, aber in diese Schule (Mata Hari Institute for Advanced Intercourse) kommt man kaum rein. Normalerweise ist man ganz auf Privatlehrer angewiesen, denn der Sexualkunde-Unterricht in den allgemeinbildenden Schulen reicht vorne und hinten nicht.

Günstige Voraussetzungen: Liebevolles Wesen, hügelige Oberfläche, Kontaktfreudigkeit, Vorurteilslosigkeit, Sinn fürs Geschäft, eigenes Wasserbett.

Erwünschtes Berufsziel: Filmstar, Fotomodell, Boutiquenbesitzerin, Doktor phil.

Einkommen: je nach Alter und Leistung, von 200 Schilling bis zu horrenden Summen pro Stück GV. Man kann in kürzester Zeit enorm viel Geld verdienen, aber das meiste versickert im Zwischenhandel. Die Statistik beweist: hauptberufliche Huren werden niemals reich.

Aufstiegsmöglichkeiten: Bei Hausbesuchen manchmal bis zum 16. Stock – und wenn man Pech hat, ist gerade der Lift außer Betrieb.

Weitere Berufe für sexuell interessierte Mitmenschen

Modefotograf:
Viele Männer träumen davon, ständig aufregende Frauen in raffinierter Unterwäsche zu knipsen. Aber nicht immer kriegt man Jerry Hall oder Claudia Schiffer vor seinen Apparat. Der Beruf hat auch seine Schattenseiten. Irgendwer muß schließlich auch die »schlankkleidende Miederhose« für den Kurfürst-Versand und die Thermolactyl-Unterhosen von Damart ins rechte Bild setzen. Unerwünschte Nebenwirkungen wie Schwindel, Nausea und Depressionen sind bei dieser Tätigkeit nicht auszuschließen.

Skilehrer:
Im Sommer Bademeister genannt. Eine österreichische Sexspezialität. Handgeschnitzte Mannsbilder, die selbst vor den häßlichen kleinen Engländerinnen nicht zurückschrecken. Als echte Sportler tun sie's nicht direkt für Geld, sondern einfach, um ins Ziel zu kommen. Bewerbungen an den Österreichischen Fremdenverkehrsverband.

Videoproduzent:
Pornoproduzenten gehören, dezent ausgedrückt, zum Abschaum der Menschheit. Sie verderben einem nämlich jede Freude an der Erotik, weil ihre Machwerke so dämlich und dilettantisch sind, als hätte der Hausmeister von nebenan sie mit der ihm angetrauten Miß Cellulitis auf einer übertragenen Handycam gedreht. Für Hausmeister, denen ihr Beruf bisher nicht schmutzig genug war, bieten sich als Videoproduzenten also enorme Entfaltungsmöglichkeiten.

Exorzist:
Viele unserer Mitmenschen sind vom Teufel besessen, wobei besonders der schweinchenfarbene Sexteufel mit der schwarzen Unterhose fast epidemisch auftritt. Dagegen helfen nur Sätze wie: »Ich beschwöre dich also, du böser Drache, im Namen des unbefleckten Lammes, das über die Schlange hinweggetreten ist, das den Löwen und Drachen mit Füßen getreten hat, daß du von diesem Menschen weichen wollest.« Diese zoologische Betrachtung stammt nicht aus Brehms Tierleben, sondern aus dem »Rituale Romanum«, dem kleinen Handbuch für Exorzisten. Wer das hat und sich gerne mit Frauen umgibt, die den Teufel im Leib haben, sollte noch heute beginnen, auf Teufel komm raus zu exorzieren.

Stricher:
Strichjungen sind oft keine Homosexuellen, bieten diesen aber ihre Dienste an. Da sie meist Kunden haben, die sich zu ihrer Veranlagung nicht öffentlich bekennen wollen, können sie bisweilen durch Erpressung eine Kleinigkeit dazuverdienen. Nur wenige werden später bekannte Filmstars, die meisten bringen es zu nichts, da sie eben auch älter werden – und wer will schon einen alten Jungen? Wenig empfehlenswert: dieser Beruf verbindet das geringste Sozialprestige mit der höchsten Ansteckungsgefahr.

Samenspender:

Viele Frauen wollen ein Kind, aber keinen Mann. Viele Männer wollen weder Frau noch Kind, aber deshalb nicht ganz auf ein Sexualleben verzichten: sie werden Samenspender. So dient man der Allgemeinheit, und es ist doch anregender, als immer nur ins Röhrchen zu blasen. Da man für jede Spende auch noch eine Belohnung von etwa 600 Schilling erhält, reißen sich besonders Unterstandslose, Wohlfahrtsempfänger, entlaufene Fürsorgezöglinge und allgemein praktizierende Sandler um diesen Job. Aber der Bedarf ist längst nicht gedeckt – da hat so mancher Quereinsteiger wohl Chancen auf ein fruchtbares Betätigungsfeld.

Neffe:

Wenn vornehme Damen mit einem wesentlich jüngeren Herrn angetroffen werden, stellen sie ihn gerne als ihren Neffen vor – ohne daß die beiden deswegen gleich verwandt sein müssen. Ein Neffe ist eigentlich auch nur eine Art Samenspender, obwohl er dabei an der traditionellen und wohl auch lukrativen Methode festhält. Ein Vicuna-Mantel oder ein Sportwagen als Bonus für besondere Spendierfreudigkeit ist nicht außergewöhnlich. Und wenn ein Neffe sparsam ist, kann er später das Fach wechseln und sich als guter Onkel für junge Mädchen erweisen.

Zuhälter:

Es gibt viele Männer, die es nicht verkraften können, von einer Frau ausgehalten zu werden. Ein Zuhälter darf sich solche Vorurteile nicht leisten. Er muß seinen Stolz hinunterschlucken und in Kauf nehmen, daß gleich mehrere Frauen für ihn arbeiten. Doch der Zuhälter ist auch nicht müßig: Er organisiert die sexuelle Nahversorgung im Bezirk und kurbelt mit seinem Kapital die Wirtschaft an – ohne seinen Einsatz wä-

ren Massenentlassungen bei altehrwürdigen Firmen wie Cadillac, Veuve Clicquot und Rolex wohl unumgänglich. Berufsbedingte Krankheiten wie gebrochene Herzen, chronische Leberleiden oder falsch interpretierte Notwehr machen diese Branche ziemlich gefährlich, und die ständige Nachtarbeit ist auch nicht jedermanns Sache. Aber dafür braucht man, um ein eigenes Unternehmen zu eröffnen, auch nicht mehr als ein Springmesser, eine unausgelastete Frau und eine dekorative Straßenecke.

Über offene Stellen in den obenerwähnten Berufszweigen informieren Sie sich bitte beim zuständigen Arbeitsamt.

IV.

ZU-
SEX-
LICHES

Drüber und drunter

Die meisten Menschen gefallen sich selbst eigentlich ganz gut. Aber damit ist es nicht getan. Wer nicht allein bleiben will, muß auch anderen gefallen. Und da man die inneren Werte – falls überhaupt vorhanden – ja doch erst bei näherer Bekanntschaft entdeckt, werden zuerst einmal die Äußerlichkeiten beurteilt. Schönheit, Gepflegtheit, Eleganz oder die Ausstrahlung von Geschmack und Geld.
In längst vergangenen Tagen stellte man nicht so hohe Ansprüche. Der Prinz heiratete eine Prinzessin, die er vorher nie gesehen hatte. Bestenfalls noch auf einem Miniaturgemälde, aber das hatte ein schmeichelnder Hofmaler angefertigt und war meist schon etwas veraltet, denn die Eilzustellung per Post war noch ebenso unterentwickelt wie die Fotografie. Also machte man sich damals weniger Gedanken um das Schönheitsideal – das kriegte man ja sowieso nicht.
Erst als Hollywood massenweise Menschen auf die Leinwand warf, die nichts konnten als schön sein, wurde die Schönheit zu einem eigenständigen Wert, der schließlich alle anderen Vorzüge in den Hintergrund drängte. Verstärkt wurde dieser Trend dann noch durch die Aufzucht von Schönheitsköniginnen, Fotomodellen und Dressmen, bei denen die komplette innere Leere überhaupt die wichtigste Voraussetzung für eine weltweite Karriere ist.
Das Ideal von heute ist denn auch nicht mehr die anonyme Traumfrau oder der selbstgebastelte Traummann, sondern ein Abfallprodukt der Zelluloidindustrie wie Bo Derek oder John Travolta.
Natürlich sind diese Typen nicht auf dem freien Markt erhält-

lich, aber immerhin haben die Traumfabrikanten ihre Message unters Volk gebracht: Das Mindeste, was man heute tun muß, um als Mensch akzeptiert zu werden, ist, jung und schön zu sein!
Aus diesem Grunde lassen sich die Frauen allerlei Körperteile in Gegenden liften, wo sie eigentlich gar nicht hingehören, und die Männer tragen ständig einen aufregenden Drei-Tage-Bart, obwohl das mathematisch völlig unmöglich ist.
Die Werbung stellt uns täglich neue Hilfsmittel zur Verfügung und drillt uns erbarmungslos ein: nur wer sich genügend Oil of Olaz einverleibt und regelmäßig am Deo-Stick lutscht, kann sich ewige Jugend und Schönheit bewahren. Und das letzte Restchen eigener Phantasie wird uns dann schließlich von der Mode ausgetrieben.
Die Mode ist, wie schon der Name sagt, eigentlich nichts anderes als eine Mode, und doch beugt sich ein Großteil der Bevölkerung ihrem Diktat. Eine wirklich peinliche Entgleisung der menschlichen Intelligenz!
Wir würden uns auch gar nicht damit befassen, aber: die Oberbekleidung ist bereits das erste erotische Signal und verrät bereits einiges über die geschlechtliche Beschaffenheit ihrer Träger. Besonders bei Herren mit zu engen Hosen!
Wenn der Mann eine gute Erscheinung machen will, bleibt ihm nicht viel übrig als der übliche elegante Anzug. Immerhin bieten Armani, Versace, Valentino oder Smalto da ganz schöne Stücke. Hat man irrtümlich etwas von Gaultier gekauft, sollte man es lieber fürs Kostümfest aufheben.
Für die Freizeit gestattet man ihm heute sogar Jeans, und wer mal den harten Mann markieren will, ist mit Luxuslederjacke von Claude Montana oder Casa Veneta gut gerüstet.
Als kleine Extravaganz gönnt man dem Mann aber weiterhin nur das schlappe Stoffrestchen, das den meisten zum Halse heraushängt: die gute altväterische Krawatte. Laut Modeberater sollte man zwölf für den Winter und zwölf für den Sommer besit-

zen. Nun, unsere Sex-Ikone Lord Peter würde lieber wer-weißwas heraushängen lassen als eine Krawatte. Schon gar im Sommer! Aber die Textilbranche beharrt aus naheliegenden Gründen darauf, und die mutigen Worte, die Gianni Versace gegen diese Unsitte gefunden hat, sind anscheinend ungehört verhallt. Die Kleidung des Mannes ist also insgesamt nicht sehr sexy, kann sich aber im Extremfall bis zum regelrechten Liebestöter steigern – zwei Modelle wirken da ganz besonders stark:

Der Mini-Manager: Er ist von Kopf bis Fuß korrekt gekleidet – aus dem Versandkatalog. Die schlechte Kopie eines Mannes mit gutem Geschmack.

Der Tourist: Trevira-Shorts, Nylonhemd und Gesundheitssandalen – der wandelnde Wühltisch. Gelungene Parodie auf den Mann schlechthin.

Aber wie gesagt, der Mann ist eher ein Stiefkind der Mode. So richtig leiden muß darunter die Frau. Ihr diktiert die Mode nämlich nicht nur, welche Kleider sie zu tragen hat, sondern auch welchen Körper. Das Schönheitsideal der Modeschöpfer wurde nämlich von der Sahelzone inspiriert: die lange Dürre. Die Haute Couture stellt praktisch nur Kreationen für hochgeschossene Kleiderbügel her. Ist ja auch viel leichter, weil man auf die natürlichen Formen einer normalen Frau dabei keine Rücksicht nehmen muß. Daß homosexuelle Modeschöpfer besonders ihre Vorliebe für breite Schultern und schmale Hüften forcieren, ist verständlich. Nur werden die Frauen halt nicht so hergestellt!

Manche versuchen dem selbst abzuhelfen, indem sie mit allerlei unerfreulichen Diäten die Figur der Mode anzupassen versuchen. *Anorexia nervosa* und *Bulimia nervosa* sind nur zwei der Krankheiten, die daraus resultieren. Von den geistigen Schäden, die bei Frauen auftreten, wenn sie versuchen, dem Mode-Ideal gerecht zu werden, wollen wir gar nicht reden – aber die Psychiater leiden nicht unter Patientenmangel!

Jane Mulvagh, die mutige neue Fashion-Redaktrice von »ELAN«, sagt es jetzt wenigstens einmal ganz deutlich: »Mode widerspricht der Natur!«

Aber sie gibt modebewußten Damen doch noch ein bißchen Hoffnung, indem sie einige Nobelschneiderinnen nennt, die eine wohlgeformte Figur nicht zum Bügelbrett degradieren, etwa Donna Karan, Jil Sander und Laura Biagotti. Und allen voran Vivian Westwood! Das ist besonders wichtig, denn die Westwood leitet gerade die Modeklasse der Hochschule in Wien – und es wäre doch jammerschade gewesen, wenn die weltberühmten barocken Formen der Wienerinnen in falsche Hände gefallen wären.

Freilich, Mode wird immer eine Geschmackssache bleiben, und der eigene Geschmack muß nicht unbedingt mit dem der anderen übereinstimmen. Und wenn man heute mit jemandem nett ausgehen will, muß man sich erst mal fragen: was gefällt eigentlich den Geschmacksexperten? Darunter versteht man besonders Rausschmeißer oder Kellner in irgendwelchen Lokalen, die je nach Lust und Laune die Gäste schikanieren dürfen. Woher die Türsteher ihre Präpotenz beziehen, weiß niemand, aber sie dürfen! Sogar Reiche und Prominente sind nicht vor der Willkür der Modefachleute gefeit. Vor kurzem erst wurde Altstar Esther Williams aus dem Los Angeles Country Club gefeuert – weil sie Hosen trug! Mitten im 20. Jahrhundert! Und obwohl die Hosen von Starcouturier Oscar de la Renta wahrscheinlich soviel gekostet haben, wie das Monatssalär des Rausschmeißers ausmacht. Daß so etwas in der Wiener Eden-Bar passierte, ist mindestens schon fünfzehn Jahre her. Aber damals wurde auch noch ein Weltstar wie Curd Jürgens, der fehlenden Krawatte wegen, des »Sachers« verwiesen.

Manche Wirte haben aber noch immer nichts gelernt. Gianna Nannini durfte als Strafe für das Tragen einer Lederjacke nicht in die Bar des Münchner Hotels »Vier Jahreszeiten«. Der Besitzer vom »Park Café« will keine »Primitivlinge«, also niemanden,

»der aussieht wie eine Verkäuferin, gestufte Dauerwellen hat, einen Schnauzbart oder Parka trägt«.
Also, wenn die »Seitenblicke« so strenge Auswahlkriterien hätten, könnten sie praktich über keine Veranstaltung der österreichischen High-Society mehr berichten.
Daß die Herren am Wiener Opernball Frack tragen müssen und die Damen in der Dresdner Oper Seidenstrümpfe, schockiert nicht weiter – wer in die Oper geht, muß immer mit dem Schlimmsten rechnen – manchmal sogar mit »Tristan und Isolde«. Daß aber ein Hamburger Lokal die Gäste erst so richtig lieb hat, wenn sie in Schale von Joop oder Jil Sander erscheinen, grenzt schon an Entmündigung des zahlenden Zeitgenossen. Warum sich erwachsene Menschen von einem Schnösel, der »Gesichtskontrolle« macht oder überprüft, ob man die richtigen Schuhe anhat, überhaupt terrorisieren lassen, statt gleich in ein gemütliches Lokal zu gehen, bleibt rätselhaft. Immerhin ersieht man schon, daß die Wahl der Kleidung auch für die angestrebten sexuellen Tätlichkeiten von großer Bedeutung sein kann. Wenn man nämlich vorher noch einen trinken will – und der Türlschnapper läßt von dem Pärchen nur die Dame rein, weil ihm der Herr nicht gefällt –, kann es sein, daß die Dame den Herrn plötzlich auch als einen Sandler ansieht.
Läßt er nur den Herrn rein, ist es höchst unwahrscheinlich, daß die Dame ein paar Stündchen vor der Tür auf ihn wartet. Läßt er aber beide nicht hinein, wird zwischen dem Herrn und der Dame sofort ein Streit entbrennen, wer daran schuld ist. »Ich hab dir doch gesagt, du sollst das Korsett nicht über den Blazer anziehen, das kann sich höchstens Madonna leisten!« – »Und du! Und du! Diese alberne Baseball-Mütze mit dem Re-

klameaufdruck – damit würden sie doch sogar Niki Lauda rausschmeißen!«
Ja, das wird dann wohl nichts mit dem großen Sex anschließend.

Viel mehr Bedeutung als der Oberbekleidung messen die Sexualwissenschaftler allerdings der Unterwäsche zu. Auch auf diesem Gebiet hat Hollywood eine große Vorbildwirkung. In den letzten Jahren war dabei festzustellen: amerikanische Frauen ziehen sich zwar komplett aus, ehe sie ins Bett gehen, führen dann aber die unmöglichsten Verrenkungen aus, um mit der Bettdecke ihre Brustwarzen oder die Schamregion zu verstecken. Natürlich tun sie das nicht, um sich vor ihrem Liebhaber zu verbergen, sondern vor der Kamera. Viele Frauen jedoch, die das zu Hause nachgemacht haben, mußten mit Verstauchungen und Zerrungen ins Krankenhaus eingeliefert werden.
Bei den Männern ist das viel unkomplizierter. Sie ziehen sich bis auf die Unterhose aus und springen dann auf die Frau. Die Kamera erspart uns meist den eigentlichen Liebesakt, zeigt uns aber gern, wie der Mann um fünf Uhr telefonisch geweckt wird – »Captain, wir haben hier eine Leiche für Sie!« –, und wenn der Held aus den Federn springt – was hat er an? Seine Unterhose! Noch immer? Schon wieder? Der Cineast kann nur zu einem Schluß kommen: neun von zehn Filmstars bumsen in der Unterhose!
Was aber nicht heißen soll, daß alle Amerikaner ein Leben lang ihre Jockey-Slips anbehalten, es gibt auch Gelegenheiten, wo sich wirklich heißblütige Männer der letzten Hülle entledigen. Der Schnulzensängerin Gloria Estefan werden bei ihren Auftritten regelmäßig Herrenunterhosen zugeworfen. Mindestens ein Dutzend fliegen pro Abend auf die Bühne. Die Unterhosen, die von den Herren am liebsten ausgezogen werden, stammen übrigens vom Modehaus Calvin Klein. Hätte Freud da irgendwas herauslesen können?
Sündige Dessous tragen im Film hauptsächlich Prostituierte und vielleicht noch diese aggressiven Single-Schlampen, die ja auch nicht viel besser sind. Gute Frauen sind noch immer mehr durch wallende Negligés in Weiß oder zarten Cremetörtchentönen gekennzeichnet. Auch schon ein Fortschritt gegen das Flanell der fünfziger Jahre, aber doch noch beinahe seriös. Da kann aller-

dings die Realität nicht mithalten, denn die jüngsten Untersuchungen ergaben: Strapse, Tangas und kesse Spitzen kaufen vor allem Frauen, die in einer glücklichen Ehe oder eheähnlichen Beziehung leben! Aber vielleicht sind diese Beziehungen deshalb so glücklich, weil ... Wer weiß? Irgendwo stößt ja auch die Meinungsforschung an ihre Grenzen.
Ganz so sündig und geheimnisvoll sind natürlich Strapse und Spitzenhöschen auch nicht mehr, seit man sie in allen Schöps-Filialen kriegt, aber die gelegentliche Anwendung kann nicht schaden.
Freilich, eines muß für die gesamte menschliche Bekleidung gelten: sie soll auch nicht zu aufwendig und raffiniert sein. Wenn die Hülle viel mehr verspricht, als der hüllenlose Körper dann halten kann, stellen sich oft überraschende Trotzreaktionen des Partners ein!
Und damit sind wir auch schon am Schluß, der aber nur ein Happy-End werden kann, wenn man noch eine ganz wichtige Tatsache berücksichtigt: Alles, was man angezogen hat, muß man auch wieder ausziehen! Für einen Aschanti ist es kein großes Problem, seinen Lendenschurz zu lüpfen, aber der zivilisierte Mitteleuropäer hat oft verdammt viele Klamotten am Leib, und es ist nicht leicht, sich graziös auszuziehen. Aber auch da hilft uns die Sexualwissenschaft weiter. Österreichs Expertin für »Lust und Liebe«, Gerti Senger, verrät uns in ihrer »Krone«-Kolumne, wie es geht. Die Ausziehregel Nr. 1 für den Mann lautet: »Ziehen Sie sich immer von innen nach außen aus.«
Na klar, das Sakko ist sicherlich schöner als das Unterleiberl, also werfen Sie zuerst das Unterleiberl ab! Aber auch Kleinigkeiten dürfen nicht vergessen werden: »Nur Männer ohne erotisches Feeling legen ihre Uhr nicht ab. Selbst die flachste Uhr verursacht Schmerzen, wenn sie sich bei einer Umarmung in einen zarten Rücken bohrt.« Nun, wenn man kein

Schlangenmensch ist, dürfte sich auch die dickste Uhr nicht in einen weiblichen Rücken bohren. Aber auch wir sind fürs Ablegen. Schließlich wollen wir ja nicht dauernd vor Augen haben, wie schnell wir heute wieder sind!

Das Ausziehen ist jedenfalls für den Mann kein »Bimmerl«, meint die Gerti, aber das Entkleiden der Frau noch weniger. Denn da gilt die Regel: »Ziehen Sie Ihre Liebste von außen nach innen aus. Also erst die Kostümjacke, dann die Bluse und den Rock.«

Tatsächlich, das ist die beste Methode, wir haben das im Sexkoffer-Institut nachgeprüft. Wer hätte gedacht, daß es uns die Gerti einmal so leicht macht! Aber man soll den Tag nicht vor dem Abendprogramm loben, auch bei der Frau hat unsere Expertin ein »Bimmerl« eingebaut: »Erst fällt das Darüber, dann erst das Darunter und zuletzt die Schuhe.«

Auch das wurde getestet. Ehrlich gesagt, wir testen noch immer, und unsere Liebsten wälzen sich in Weinkrämpfen auf dem Teppich. Bitte, Frau Senger, besuchen Sie uns recht bald im Sexkoffer-Institut, und zeigen Sie den ungebildeten Gören, wie man eine Strumpfhose auszieht, solange man noch die Schuhe anhat!

Sex und Angst

In den hinter uns liegenden Jahrzehnten war der Sex zwar auch schon gebräuchlich, aber mit zahlreichen Ängsten verbunden. Angst vor den Eltern, den Nachbarn, den Gesetzen und der Hölle.
Besonders begründet waren die Ängste der Homosexuellen. Der Nazi-Terror hatte Tausende von ihnen das Leben gekostet, und auch nachfolgende Gesetzgeber machten sie bis vor kurzem zu idealen Opfern für Verfolgung und Erpressung.
Aber auch Heterosexuelle hatten wenig Grund zum Jubeln. Eine ungewollte Schwangerschaft konnte Mutter und Kind das Leben zur Hölle machen – eine Zwangsheirat allen dreien. Abtreibung war strafbar, Ehebruch wurde unbarmherzig verfolgt, eine Scheidung war schwierig und Sex überhaupt ein Skandal.
Gut, da hat sich ja nun maches geändert, und die noch verbliebenen Restängste lassen sich auf ein Minimum reduzieren. Überraschender Kindersegen beispielsweise ließe sich vermeiden, seit es die Pille gibt. Natürlich tut nicht jede Pille jeder Frau gut, deshalb sollte man sich einschlägigen Rat auch nicht bei der besten Freundin holen, sondern beim Facharzt. Und zwar vorsichtshalber gleich einmal beim Eintritt der Geschlechtsreife, egal, ob man sich zu diesem Zeitpunkt schon ins Nachtleben stürzen will oder gescheiterweise den entscheidenden Schritt noch so lange hinauszögert, bis man auch eine gewisse geistige Reife entwickelt hat. Obwohl manche Mädchen zu Recht fürchten, daß sie dann als alte Jungfer sterben müßten.
Neben der Pille gibt es noch andere Verhütungsmittel für die Frau, etwa die Spirale, und demnächst sogar ein Frauenkondom, aber das wird sich kaum durchsetzen, weil damit die Erotik

ganz zum Teufel geht. Da kann die Frau beim Geschlechtsverkehr gleich ihre Leggins anbehalten. Außerdem, berichtet eine Testperson, entsteht beim Bumsen ein Geräusch, als ob man eine Cellophanpackung zerknittert. Das geht ganz schön aufs Gemüt!

Die Pille bleibt gewiß noch lange die sicherste und bequemste Methode zur Verhängnisverhütung. So gesehen, wird sie eigentlich noch zu wenig genützt: Nur knapp mehr als die Hälfte der deutschen Frauen zwischen 14 und 50 Jahren greifen regelmäßig danach.

Viele verlassen sich eben noch immer auf den Kavalier im Manne, der nur mit Hut Einlaß begehrt. Da es für den Mann noch keine Pille gibt und er drastische Methoden wie Sterilisation oder Kastration nur selten akzeptiert, bleibt ihm eigentlich nur das Kondom übrig. Leider ist die Verwendung der Gummihütchen nach einem kurzen Boom – ausgelöst durch den Aids-Schock und den Golfkrieg (wo Kondome zum Schutz der kostbaren Waffen gegen den Wüstensand benützt wurden) – wieder stark zurückgegangen.

Und das gerade jetzt, wo man den Männern nicht mehr irgendein x-beliebiges Plastiksäckchen als Kondom andrehen kann, weil die Kriterien dafür durch die DIN-Norm 58 993 endgültig festgelegt sind.

So muß es mindestens 16 Zentimeter lang und 49 Millimeter breit sein – wer ganz sichergehen will, sollte sich nicht von der Ungeduld einer liebeshungrigen Frau daran hindern lassen, das vor der Benützung noch einmal in Ruhe nachzumessen.

Aber auch abgesehen von dieser neuen Variante des Vorspiels, bringt ein Kondom Farbe ins Liebesleben. Es darf nämlich rosa, grün, blau, rot, gelb oder orange sein. Wer mit einem lila Kondom ankommt, macht sich verdächtig, eine taiwanesische Raubkopie zu tragen – wahrscheinlich ist seine Rolex auch falsch. Theoretisch wäre auch Schwarz erlaubt, hat aber keine praktische Bedeutung, da ja Schwarz bekanntlich schlank macht . . .

Ein der Norm entsprechendes Kondom darf auch keine Löcher haben. Das ist sicher eine kluge Vorsichtsmaßnahme, aber *ein* Loch würden wir ihm doch gönnen, weil es sonst schon verdammt schwer ist, hineinzuschlüpfen.

Und noch eine Vorsichtsmaßnahme finden wir leicht übertrieben: Bevor ein Kondom reißen darf, muß es sich 600fach deh-

nen lassen. So was erregt nur die Phantasie sensationslüsterner junger Damen, und eine tiefe Enttäuschung ist schon vorprogrammiert, denn bei aller Hochachtung vor dem männlichen Glied kommt selbst bei einer formvollendeten Erektion eine 600fache Ausdehnung desselben überraschend selten vor.
Anscheinend nicht genormt sind die Geschmacksrichtungen, der Trend geht jedoch eindeutig zu Erdbeer, Banane und Pfefferminz. Das spielt nun wohl bei seinem eigentlichen Verwendungszweck keine große Rolle, hat aber einen anderen Vorteil. Wenn ein junger Mann in der langen Samstagnacht absolut nichts aufgabelt, was das Mitschleppen von Kondomen rechtfertigt, kann er diese noch immer als Kaugummi verwenden.
Über die Sicherheit von Kondomen gibt es verschiedene Ansichten. In Rußland, wo man sie »Galoschen« nennt, weil sie so schön dick sind und trotzdem nicht halten, geht jede zweite Braut schwanger aufs Standesamt. International rechnet man mit einem Restrisiko von etwa 5 Prozent, aber vielleicht läßt sich das bald noch genauer bestimmen. Der kanadische Biologieprofessor Richard Gordon hat jetzt eine interessante Testreihe durchgeführt. Im Dienste der Wissenschaft schlief er fünf Wochen lang mindestens einmal täglich mit seiner Assistentin. Das Ergebnis hat er leider noch nicht veröffentlicht, aber wir verstehen, daß er etwas Zeit braucht, um sich zu erholen.
Noch sicherer als das Penisfutteral ist auf jeden Fall eine neue Kreation von Lulette Bechet. Die Französin hat eine kesse Latex-Unterhose mit Präservativ-Stulpe entwickelt. Das Modell ist bei uns leider noch nicht auf dem Markt, aber ein herkömmlicher Taucheranzug bietet einen guten Ersatz.

Die wesentlichen Ängste beim Sex erstrecken sich jedoch nicht nur auf ungewollte Schwangerschaften, sondern auch auf Geschlechtskrankheiten. Aber obwohl viel darüber gesprochen wird, tun die Leute wenig gegen Geschlechtskrankheiten – vielleicht haben sie nicht begriffen, daß der mitreißende Werbeslogan »Entweder Sie haben eine, oder Sie brauchen eine!« eigentlich zur Verbreitung von Kreditkarten beitragen soll!
Und noch etwas überrascht den unvoreingenommenen Beobachter: Man spricht nur noch von Aids. Zugegeben, das ist ein gutes Thema zum 5-Uhr-Tee. Aber wo sind die anderen Geschlechtskrankheiten hingekommen? Die Älteren von Ihnen

werden sich vielleicht daran erinnern, daß vor etwa fünf Jahren Herpes noch der große Schlager war! Jeder fand plötzlich irgendwo ein kleines Bläschen, verspürte ein ungutes Jucken und war davon überzeugt, daß er den einmaligen Fehltritt mit der Christl von der Post oder dem Vetter aus Dingsda ein Leben lang werde büßen müssen.
Inzwischen hat sich der Bedarf an Herpes auf das Existenzminimum reduziert, und alten Favoriten, wie dem Tripper und der Syphillis, gibt man überhaupt nur noch Außenseiterchancen im dritten Rennen.
Irgendwie kriegt man fast den Eindruck, als wäre Aids ein Wundermittel gegen die herkömmlichen venerischen Krankheiten. Aber diese Auffassung ist wissenschaftlich nicht haltbar. Auch die vergammeltsten Leiden finden noch irgendwo ihre Abnehmer. Wenn Länder, die unserer rasanten Entwicklung hinterherhinken, ihrer Bevölkerung auch ein bißchen Zivilisation gönnen wollen, dann greifen sie gern auf abgelegte, bei uns längst aus den Schlagzeilen verschwundene Massenware wie Gonorrhö und Syphillis zurück. In China kriegt jetzt niemand mehr einen Studienplatz oder eine Arbeit, der damit infiziert ist, bis er seine Krankheit ausgeheilt hat. Wenn er nicht so lange warten will, kann er sich nur heimlich absetzen und irgendwo in Europa ein China-Restaurant aufmachen.
Aber nicht nur im Reich der Mitte sind die unerfreulichen Nebenwirkungen der Liebe im Vormarsch, sondern weltweit: Die WHO gibt an, daß sich jährlich 250 Millionen Menschen mit Trichomonaden, Chlamdyen, Gonorrhö, Herpes und Syphillis anstecken lassen.
Also sollten Frauen, selbst wenn sie sich die Pille leisten, bei spontanen Sexualerlebnissen ihren Liebhabern eins überziehen. Ein Kondom, versteht sich.
Was dem Menschen insgesamt an alten Ängsten verlorenging, konnte glücklicherweise durch neue ersetzt werden. Frauen haben vor allem Angst, daß sie eines Tages glücklich und zufrieden ihr Leben aushauchen könnten, ohne sich vorher selbstverwirklicht zu haben. Selbstverwirklichung konnte bisher noch nicht genau definiert werden, aber in Fachkreisen nimmt man an, daß eine Frau, die gleichzeitig mehrere problematische Beziehungen hat, mindestens eine ausgewachsene Neurose besitzt, neben der Arbeit im Großraumbüro noch einen Kurs für kreatives Töpfern

macht, in Latzhosen unter einer Kupferpyramide meditiert und später einmal ein Kind haben möchte, ohne dessen Vater kennenzulernen, auf dem richtigen Weg ist.
Frauen hingegen, die selbst beim Sex noch eine gewisse Sympathie voraussetzen, Jahre ihres Lebens mit einer Familie verplempern oder sich noch auf einen Urlaub in Lignano freuen können, werden das Klassenziel nie erreichen. Aber erst wenn aus ihren Minderwertigkeitskomplexen echte Depressionen werden, schimmert wieder Hoffnung auf. Denn Depressionen bestätigen eine innere Krise – und eine innere Krise ist schon die halbe Selbstverwirklichung.
Eine weitere Angst der Frau ist, daß sie nicht richtig brodelt. Die Medien, die Werbung und der Spätfilm am Sonntag haben ihr beigebracht: Die Frau ist ein brodelnder Vulkan! Glühende Lava rollt durch ihre Adern, und sie ist jederzeit zu einer gewaltigen sexuellen Eruption bereit.
Das überfordert manche Frau. Eigentlich wäre sie glücklich mit ein bißchen Wärme, die glühende Lava ist gar nicht ihr Metier. So ist sie von sich enttäuscht, weil sie glaubt, andere zu enttäuschen. Und mit jeder Eruption, die nicht stattfindet, wird sie unsicherer, bis die Unsicherheit zur Angst heranwächst.

Alles überflüssig. Brodeln soll gefälligst der Pinatubo! Das Wichtigste im Leben ist, so zu sein, wie man ist, und vor seinen wirklichen Gefühlen keine Angst zu haben. Auch dann bleibt einem immer noch genug, was zum Fürchten ist.

Die Ängste des Mannes sind ähnlich! Der Leistungsdruck! Von zwei Seiten! Tagsüber geht er einer geisttötenden Beschäftigung nach – und damit ist nicht nur das Nietenschweißen gemeint. Auch das Managen, die ständige Bereitschaft am Mobiltelefon, die stumpfsinnige Computerhackerei.

Und abends soll er phantasievoll sein, witzig, romantisch und scharf wie ein Werwolf. In Wirklichkeit möchte er ein kaltes Bier und sie »Dallas« – aber weil der Zeitgeist es verlangt, versuchen beide zu brodeln. Was soll dabei schon herauskommen? Asche aufs Haupt!

Kurzrezept: Zeitgeist ignorieren. Leistungsdruck langsam abbauen. Gleiten statt hetzen. Wenn's kommt, dann kommt's!
Aber nicht nur die fordernde Weiblichkeit macht den Männern angst, sondern auch ihre eigene Männlichkeit. Vor allem deren Länge in Zentimetern. In den Männerrunden am Stammtisch haben ja alle nur Superschwänze. Da ist von Rohr und Schlauch und Hammer die Rede. Manche müssen sich das Ding wie einen Gürtel um den Bauch binden, weil es ihnen sonst bis in die Schuhe hängt.
Nur zu Hause vor dem Badezimmerspiegel finden sie dann gelegentlich wieder in die Realität zurück und stellen sich die bange Frage: Was, das soll schon alles sein?
Natürlich, da lesen die Männer immer in ihren Pornoheften von diesen strotzenden Gliedern, die jedem Hengst Konkurrenz machen, und wenn sie dann noch im Sexshop die mächtigen Apparate sehen, die sich die Frauen anscheinend mühelos hineinschieben, dann zweifeln sie rechtens daran, ob die eigenen Apparaturen ausreichen, um damit einen weiblichen Vulkan zur Eruption zu bringen.
Aber auch diese Ängste sind überflüssig. Nur wenige Männer sind tatsächlich mit Stahlrohr möbliert. Der durchschnittliche Schniedelwutz mißt samt Erektion etwa 16 bis 17 Zentimeter. Aber auch diese Zahlen sagen eigentlich noch gar nichts. Denn wer damit unzufrieden ist, kann sich jederzeit den Penis vergrößern lassen. Dr. Tsoumanis, der im Postfach 4158 in Zürich ordiniert, schickt Ihnen um 150 Franken eine Videocassette, wo Sie sich anschauen können, wie der kleine Eingriff funktioniert.

Und er garantiert: »Keine Pump-Prothese, keine Drähte, keine Dauererektion!«
Aber natürlich kann man die Verlängerung der Manneszier auch selbst in die Hand nehmen. Indem Sie zum Beispiel, wie Jörg Haider, an einem Gummiband befestigt, von einer hohen Brücke springen – nur dürfen Sie sich das Gummiband nicht ans Bein binden, sondern an den Schwanz. Irgendwas wird sich da schon dehnen!
Manche Männer versuchen Größe vorzutäuschen, indem sie mit Phallussymbolen protzen: dem Auto zum Beispiel. Wobei ein roter Ferrari ja wenigstens ästhetisch etwas hermacht. Aber die meisten Schwanzlosen fahren heute weiße Autos, diesen Mittelklassekitsch, sportlich aufgemotzt. Vor den Typen sollten sich die Frauen wirklich hüten, denn ein Auto bringt im Bett überhaupt nichts.
Männer, die ein wenig gescheiter sind, verzichten auf mechanische Hilfsmittel, auch wenn ihr bestes Stück nicht den vorgeschriebenen DIN-Werten entsprechen sollte. Auf die Länge allein kommt es nicht an.
Erst kürzlich sagte in einer TV-Sendung Elisabeth Gräfin Brühl, die Vertreterin des hohen Adels in den niederen Regionen, die im Wiener Underground einschlägige Erfahrungen gesammelt hat: »Männer, die große Schwänze haben, vögeln sehr schlecht, sehr sadistisch. Männer mit kleinen Schwänzen sind zärtlicher.«
Also bloß keine Angst! Es gilt noch immer die Devise: klein, aber oho!

Sex in der Werbung

Auch in der Werbung gibt es Sex. Gott sei Dank! Sonst würden wir ja heute noch leben wie in der Steinzeit! Werbepsychologen haben eindeutig festgestellt: kein Mensch würde mehr Lastkraftwagen, Jeans, Whisky, Waschmaschinen oder Kugelschreiber kaufen, wenn man sich dabei nicht irgendwie eine nackte Frau vorstellen kann. Wir würden weder elektrischen Strom noch frisches Wasser, doppeltflaumiges Klosettpapier oder vierspurige Autobahnen benützen, wenn unsere sexuelle Begierde danach nicht vom Werbefernsehen angeheizt wird.

Sogar das tägliche Brot würde uns ohne Sex-Appeal im Halse steckenbleiben. Aber dem haben die genialen Teigkneter der Wiener Ankerbrot-Werke jetzt energisch vorgebeugt. Um uns ihre Erzeugnisse schmackhafter zu machen, erinnern sie uns an den hausbackenen Sex der RTL-Sendung »Tutti Frutti« – mit einem Werbeslogan, der Österreichs Kipferlkonsumenten in einen wahren Sinnestaumel zu stürzen droht: »Alles Frutti, Mutti!«

(Verzeihen Sie die Schleichwerbung für Ankerbrot, aber guter Geschmack verdient eben hin und wieder eine Erwähnung.)

Sex mit langer Leitung

Im Genitalbereich gibt es ja leider seit der Steinzeit nicht viel Neues. Aber doch etwas: den Telefonsex! Postmoderne Befriedigung! Der Telefonsex zerfällt in drei große Gruppen:

1. Der öffentlich-rechtliche: Man ruft bei Ö 3 an und beklagt sich bei der Sexberaterin über Schmerzen beim Analverkehr. Dazu wird die Platte aufgelegt: »I just died in your arms.« Eine vollendete Symbiose von Wort und Musik, wie sie nur unser ORF bieten kann.
2. Die privat-unrechtliche: Man wählt eine beliebige Nummer und sagt dem Teilnehmer ein paar exquisite Obszönitäten ins Ohr. In England beispielsweise passiert das 25millionenmal im Jahr. Mindestens 20 Millionen der obszönen Anrufe gehen dabei an Frauen. Auch bei uns werden die Stöhner und Grunzer immer zahlreicher, aber man kann sie leicht erkennen: Männern, die nachts mit einem Schubkarren voll Schillingmünzen schwer atmend von Telefonzelle zu Telefonzelle ziehen, steht ihr Hobby im Gesicht geschrieben.
3. Die erotisch-idiotische: Man ruft bei einem Sex-Unternehmen an und läßt sich gegen Entgelt von einem Telefonfräulein einen Orgasmus vorspielen. Fernmündliche Orgasmen haben ungefähr denselben Unterhaltungswert wie die Maul- und Klauenseuche, aber das hindert Männer nicht daran, dafür Geld auszugeben. Freilich nicht immer ihr eigenes: Ein Amerikaner, der eine Woche lang die Kinder seines Vetters hüten mußte, vertrieb sich die Zeit mit Telefonsex. Der teuerste Babysitter aller Zeiten hinterließ eine Telefonrechnung von 329 000 Schilling.

Auch bei uns wird für Telefonsex bereits kräftig geworben. Und es ist ja auch faszinierend, was man da zu hören bekommen kann! Um 28 Schilling pro Minute beispielsweise ein Tonband, das auf den Niederländischen Antillen abgespielt wird! Und keine Angst, Sie müssen dabei nicht mit dem Wörterbuch masturbieren: Nympho-Trixi stöhnt in deutscher Sprache.
Wer sich nicht gleich über all diese Antillen drüber traut, findet auch im Wiener Becken allerlei Reizvolles. Und sehr preiswert, fürwahr! Nur 220 Schilling und: *»Sechs geile Studentinnen freuen sich auf deinen Anruf!«* (Die Nummer verraten wir hier nicht, aber wir geben Ihnen einen Hinweis: bei der Philosophischen Fakultät brauchen Sie es erst gar nicht zu versuchen!)
Nun, was sich da so Studentinnen nennt, kann wohl eine Alma mater kaum von einem Paternoster unterscheiden. Und sie sind so geil, daß sie, während sie einen Orgasmus vorspielen, noch Socken stopfen, Kartoffeln schälen und die »Ganze Woche« auswendig lernen könnten. Insofern unterscheiden sie sich kaum von der eigenen Ehefrau, und da fragt man sich denn doch, weshalb man dafür auch noch die Telefongebühr berappen soll. Aber erstens zahlen die meisten gar nicht dafür, denn solche Anrufe werden gewöhnlich vom Büro aus erledigt. Und zweitens kommen die Männer halt auch beim Sex nicht ohne technische Geräte aus. Telefonsex ist da nur die erste Stufe.
Das große Geschäft der Zukunft hat sich das Sexkoffer-Institut schon patentieren lassen: es heißt Fax-Sex! Zugegeben, heute ist das System noch unvollkommen, weil man nur Papier hin- und herschicken kann. Aber die Japaner arbeiten ja weiter, und bald wird es soweit sein. Man steckt seinen Schwanz in die Maschine und kriegt ihn nach 30 Sekunden von einer geilen Studentin abgefaxt wieder zurück!

Fax vobiscum!

Sex und Religion

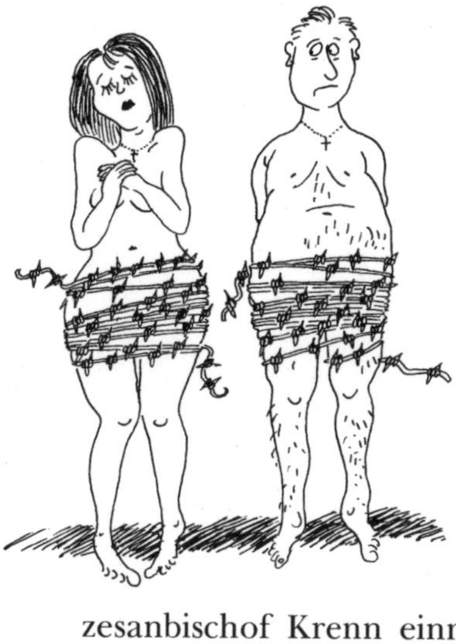

Namhafte Theologen werden diesen Sexkoffer wahrscheinlich wieder als Werk des Satans betrachten. Aber weit gefehlt: Die Inspiration dazu kommt von ganz oben! Man muß es einmal ganz offen aussprechen: Schuld am Sex ist einzig und allein der liebe Gott! Und sobald Diözesanbischof Krenn einmal in der Lage ist, das zu verstehen, wird er IHN deshalb auch ernsthaft zur Rede stellen. Was hat ER sich eigentlich dabei gedacht, als er dem Adam eine Eva zur Seite gestellt hat? Hat ER wirklich geglaubt, die beiden essen den ganzen Tag nur Äpfel? Und wenn ER schon wollte, daß sich das menschliche Geschlecht immer wieder reproduziert, warum hat ER diesen Vorgang mit Lustgefühlen subventioniert? Außerdem hätte IHM eine andere Vervielfältigungsmethode einfallen können als die Kopulation. Hat ER noch nie was von Zellteilung gehört? Oder was wäre schlecht daran, wenn man beim Kauf einer Schachtel Cornflakes gratis ein Baby dazuerhält? Hätte ER nicht bloß Sex im Kopf gehabt, dann hätte ER auch daran denken können, daß die Japaner ohnehin bald einen kleinen Kopierer erfinden werden, mit dem man zwölf Menschen pro Minute herstellen und in die ganze Welt faxen kann.
Wenn man sich das alles durch den Kopf gehen läßt, kann man einfach nur zu dem Schluß kommen: ER wollte den Sex!
Gott sei Dank haben seine Geschäftsführer in Rom seit ein paar Jahrhunderten die Firmenpolitik radikal verändert, so daß man heute endlich wieder beruhigt sagen kann: unsere Kirche ist eindeutig sexfeindlich. Schließlich darf man das von einer anständigen Religion auch erwarten. Und nicht nur von unserer. Auch bei den orthodoxen Juden steht die Sinnlichkeit nicht gerade an

erster Stelle, und die islamischen Fundamentalisten zeigen uns erst so richtig, was die Religion auf dem Kasten hat. Im Gottesstaat Iran droht unverheirateten Paaren schon die Auspeitschung, wenn sie sich gemeinsam auf der Straße zeigen. Wer vom Revolutionskomitee beim Ehebruch ertappt wird, muß mit 100 Peitschenhieben oder dem Tod durch Steinigung rechnen. Präsident Rafsanjani tritt zwar für eine Lockerung der strengen Bräuche ein, weil der Islam die Unterdrückung des Sexualtriebes verbietet, aber was ein echter Mullah ist, läßt sich von solch lasziven Reden kaum beeindrucken.

Selbst in etwas fortschrittlicheren Ländern gibt man gern dem Druck der Fundamentalisten nach. In Frankreich haben sie durchgesetzt, daß ihre kleinen Töchter verschleiert zum Schulunterricht kommen dürfen. In Deutschland hat das Verwaltungsgericht Köln gerade entschieden, daß Mädchen, die im islamischen Glauben erzogen werden, nicht am Sport- und Schwimmunterricht teilnehmen müssen. Die Eltern einer zehnjährigen Türkin hatten geklagt: der Koran verbiete das Zurschaustellen weiblicher Reize.

Jetzt sitzen die kleinen Geschöpfe mit ihrem gutverhüllten Hintern zwischen zwei Sesseln. Zwei wesensfremden Kulturkreisen. Und in keiner Heiligen Schrift steht, wie sie das wohl verkraften werden.

Zwei Beispiele von vielen. Daß es sich dabei um kleine Mädchen handelt, ist kein Zufall. Wenn die Religion zuschlägt, trifft es immer zuerst die Frauen. Wahrscheinlich, weil alle Glaubensgemeinschaften von Männern kontrolliert werden – und der brave Mann denkt an sich selbst zuletzt!

So ist es auch in der katholischen Kirche. Ein Mann, dessen ganzes Sexualleben darin besteht, Flugplätze abzuknutschen, wenn er auf Tournee geht, gibt pausenlos Antworten auf sexuelle Fragen. Erst unlängst machte sich Johannes Paul II. wieder Gedanken über die Rolle der Frau. Er meint, durch einen Beruf wären die Frauen in ihrer Würde bedroht. Will er nun, daß die Frauen sich aushalten lassen oder daß sie lieber in Würde verhungern? Jedenfalls sagt er: Ihre wahre Aufgabe sei die Rolle der Liebe! Gewiß, man kann auch von der Liebe leben – aber das wird doch nicht ausgerechnet der Papst empfehlen!

Abschließend sagt er auch noch, die Frau soll »mütterlich« sein – und »jungfräulich«! Das verstärkt einen langgehegten Verdacht:

der Biologieunterricht im Vatikan ist auch noch nicht auf dem letzten Stand!
Aber mit der Sexualität hatten sie dort immer Schwierigkeiten. Darum herrscht jetzt bei den Priestern auch ein eklatanter Mangel an Nachwuchs. Weil sie ihn nicht selber herstellen dürfen. Immer mehr von den immer weniger werdenden Geistlichen haben Zores mit der Enthaltsamkeit, und sogar ein Bischof hat schon zugegeben: »In einer erotisierten Welt ist der Zölibat ein akutes Problem.« Sehr richtig – und doch falsch. Denn nur ein Laie kann vermuten, daß die Ehe ein Tummelplatz der Erotik sei. Dennoch wünschen sich viele geistliche Herren nichts sehnlicher als »lebenslänglich«. Auch die »Internationale Vereinigung verheirateter Priester« fordert von Rom die Abschaffung des Zölibats und die Zulassung der Frauen zum Priesteramt. Irgendwie wäre das ja auch praktisch. Wenn es einmal männliche und weibliche Priester gibt, und die dürfen heiraten, kann beispielsweise der Herr Pfarrer beim ersten Kind zwei Jahre Karenzurlaub nehmen und die Frau jobt derweilen auf der Kanzel.
Auch würden mehr Teenager ins Priesterseminar eintreten, wenn das eine gemischte Schule wäre und sie wüßten, daß sie gleich nach dem Abschluß eine gut eingeführte Kirche von Mama und Papa übernehmen könnten. Und in einem Familienbetrieb strengt sich auch jeder mehr an, ganz gleich, ob das nun eine Pizzeria ist oder eine Erzdiözese.
Aber seinen Zölibat gibt der Papst nicht her! Deshalb wird wohl auch die Werbekampagne für den Priesterstand, die in Österreich immerhin 4 Millionen Schilling kostet, nicht viel bringen. Das einzige, was den Bischof Weber in dieser Situation ein bißchen tröstet, ist das Erwachen vieler Laien, die jetzt aktiver die Botschaft Christi vertreten.
Und wie! Zum Beispiel die sogenannte CWG. Klingt ein bißchen wie ein Schädlingsbekämpfungsmittel, aber das ist sie ja auch, wenngleich mehr im religiösen Sinne. Die Christliche Wählergemeinschaft warnt zum Beispiel vor der EG: »Westeuropa ist ein moralischer Sumpf geworden. Die pornographische Öffentlichkeit macht uns Österreichern bereits jetzt zu schaffen, Deutschland ist der größte Pornoproduzent der Welt geworden.« Na, hoffentlich erfährt das Außenminister Mock noch rechtzeitig, bevor er wieder um den Anschluß bettelt! Oder trägt er etwa beim nächsten Brüssel-Besuch zu seinen Bermudas schon Strapse?

Noch ein bemerkenswerter Satz aus den Nachrichten der Christlichen Wählergemeinschaft soll nicht unzitiert bleiben: »Viele von uns fürchten die deutsche Unzucht mehr als das deutsche Gas!«
Unseres Wissens wurde diese wirklich starke Aussage nur von der AZ abgedruckt – liegt das vielleicht daran, daß die übrigen Zeitungen Österreichs zu wenig Interesse für christliches Gedankengut haben?
Wir vom »Sexkoffer« können diesen Satz jedenfalls nur mit einer innigen Bitte kommentieren: Falls diese Christen irgendeine Endlösung für alle Andersdenkenden im Auge haben – wenn's leicht geht, möchten wir lieber an Unzucht sterben!
Aber es gibt noch mehr engagierte Christen. »Wir haben den Mut, katholisch zu sein«, behauptet die Kleine Monatsschrift katholischen Glaubens. Das grenzt ja schon fast an Zivilcourage in einem Land, das überwiegend derselben Religion angehört! Ansonsten will die Zeitschrift anscheinend ihren wahren Wert nicht übertreiben und nennt sich »das Neue Groschenblatt«. Das könnte an sich nur auf den Inhalt bezogen sein, denn der Preis beträgt S 1,80.
Jedenfalls schreibt dort ein Ing. Franz Dieter Erlach unter dem Titel »Auf ein Wort, Mädchen!« einen Brief an die liebe Elisabeth, und darin geht es natürlich »um das Problem der Geschlechtlichkeit«. Als letzte Warnung, liebe Elisabeth, denn: »Es werden Dir in Zeitschriften genaue Anweisungen gegeben, wie man es macht, ja und jetzt, nach dem Willen der neuen Regierung, sogar die ›Verhütungsmittel‹ kostenlos zur Verfügung gestellt.«
Wir konnten noch nicht erfahren, ob Bundeskanzler Vranitzky jetzt tatsächlich schon in den Schulpausen gratis Pillen, Spiralen und Kondome verteilt, aber ein Ingenieur weiß immer möhr!
Zum Beispiel: »Es gibt nun einflußreiche Menschen, die meinen, gescheiter zu sein als die Natur. Sie vertreten und verbreiten die Ansicht, daß man durch künstliche Methoden der ›Empfängnisverhütung‹ – von mechanischen Mitteln wie das Kondom bis zur chemischen Abtötung der Leibesfrucht – diese natürliche Verbindung von Sexualität und Fortpflanzung ungestraft trennen kann. Aber Du kannst es am Zustand unserer Umwelt leicht erkennen, wohin die Mißachtung der Natur führt, in die der Mensch als Teil von ihr eingebettet ist: zu sterbenden Wäldern, verseuchtem Trinkwasser, gifterfüllter Luft usw.«

Im Klartext, Mädel: Empfängnisverhütung kann die Umwelt gefährden! Wer nicht schwanger werden will, ist selber schuld am Ozonloch!

Aber du mußt die Umwelt gar nicht zerstören, liebe Elisabeth! »Es zahlt sich wirklich aus, Deine Unberührtheit zu bewahren, ›keusch‹ zu bleiben, dem so massiv propagierten Trend zur Unzucht zu widerstehen. Du wirst dieses Opfer in Deinem späteren Leben reichlich belohnt finden, weil es Dich dann zu Treue und Opferbereitschaft in einer dauerhaften Ehe befähigt.«

Ja, Mädel, da hat der Groschenblatt-Autor schon recht. Wenn du später mal eine Ehe führen willst, die hauptsächlich aus Opfern deinerseits besteht, dann sollst du möglichst bald darauf hintrainieren!

Ein Punkt muß jedenfalls klar sein: Das, was der Herr Ingenieur unter Anführungszeichen als »Verhütungsmittel« bezeichnet, ist nicht nur ihm zuwider. Auch der Papst will nichts davon wissen. Deshalb wurde auch katholischen Apothekern nahegelegt, keine mehr abzugeben. Und wer geglaubt hat, er könne sich da irgendwie durchschwindeln, indem er frei nach Knaus-Ogino die unfruchtbaren Tage der Frau zu wilder Lust mißbraucht, der hat sich aber geschnitten! Denn wie sagt Johannes Paul II.? »Die natürlichen Methoden darf man nicht als erlaubte Wahl gegen das Leben praktizieren.« Leben hat Vorrang! Vor allem vor der logischen Überlegung, daß durch die hemmungslose Vermehrung der Menschheit sich auch Hunger und Elend ins Unermeßliche vermehren.

Aber man soll jetzt nicht gleich wieder den Papst dafür verantwortlich machen, daß es so viele Kinder gibt. Er macht überhaupt keine. Und er zwingt auch niemanden, welche herzustellen. Im Gegenteil. Es ist selbst dem strenggläubigen Katholiken erlaubt, keusch zu bleiben, sooft er will. Nur wenn er einmal anfängt mit Liebe und Ehe und diesem ganzen Schweinekram, dann bitte auch bis zur bitteren Konsequenz!

Überdies sind gute Christen nicht die einzigen Menschen auf der Welt, die einer Bevölkerungsexplosion wohlwollend gegenüberstehen. In einem TV-Film sah man unlängst eine Palästinenserfamilie, zwölf Personen auf 30 Quadratmetern. Der Jüngste war sechs Monate alt und hieß Saddam. Der stolze Vater aber sagte: »Und wenn uns Gott noch einen Sohn schenkt, werde ich ihn Hussein nennen!«

Gut, Söhne sind vielleicht das einzige, was Gott den Palästinensern je geschenkt hat – aber jetzt nehmen wir mal ihren Gott und unseren Gott und vielleicht noch ein paar andere Götter, dann regt sich langsam ein Verdacht. Vielleicht haben die alten Herren da oben eine Verschwörung angezettelt: Nachdem Sintflut, Pest und Heuschrecken nichts gebracht haben, soll die Menschheit an ihren eigenen Nachkommen ersticken!
Allmächtiger, was für ein Gedanke! ER kontrolliert doch wirklich nicht, ob das nur Smarties sind, was eine Siebzehnjährige da in ihrem Handtäschchen hat. Das sind bloß seine Filialleiter, die mit sozialen und gesellschaftspolitisch relevanten Problemen einfach nicht genügend ausgelastet sind und deshalb noch als Tugendwächter die Runde machen. Manchmal einen Schritt vorwärts, aber dann ganz schnell wieder zwei Schritte zurück, das wirkt verblüffend, und man kann sich dadurch doch schön weit von den Menschen entfernen.
Manche glauben, man müßte die katholische Kirche davor warnen, daß sie durch ihren ultrakonservativen Kurs immer mehr Anhänger verliert. Das ist aber doch recht anmaßend – der Papst wird schließlich besser wissen, wie man eine Kirche führt, als ein paar aufgescheuchte Laien. Wahrscheinlich ist der Rückschritt ins Mittelalter ein ganz bewußter Erneuerungsprozeß. Jede Firma muß mal rationalisieren. Auch die Kirche trimmt sich fit, speckt ab. Was davon übrigbleibt, ist dann eine durchgestylte, elitäre Sekte. Und das ist doch heute das große Geschäft!

Sex im Film

Noch vor wenigen Jahren mußte der Mensch mit einem Palästinensertuch vermummt ins Kino schleichen, wenn er ein cineastisches Meisterwerk wie »Pudelnackt in Oberbayern« oder »Das turbogeile Spannerhotel« genießen wollte. Heute kann er das, ohne zu erröten, im eigenen Wohnzimmer, denn Privatsender wie SAT 1 und RTL Plus zeigen schon längst eine repräsentative Auswahl der schlechtesten Sexfilme aller Zeiten.

Endlich einmal ein Programm für die vom Fernsehen sonst so sträflich vernachlässigte Minderheit der Intellektuellen! Die Betrachter erotischer Beiträge haben nämlich meist ein höheres Bildungsniveau als etwa die des politisch brisanten »Spiegel-TV« – meint zumindest RTL-Chef Helmut Thoma, der brillanteste Kopf der neuen Medienlandschaft.

Freilich sind deutsche Sexfilme nicht nur für Menschen da, die ihr höheres Bildungsniveau wieder auf ein erträgliches Maß hinunterschrauben wollen, sondern für alle. Außer für Kinder! Kindern, denen die Sexualität auf so langweilige und geisttötende Weise nahegebracht wird, können schwere Schäden fürs Leben erleiden. Beim Anblick besoffener Bums-Kumpel von Rhein und Ruhr beschließen schon sechsjährige Mädchen spontan, alte Jungfern zu werden. Und Knaben, die via Telekabel von einem »Hausfrauen-Report« defloriert werden, können später selbst in der Hochzeitsnacht mit Julia Roberts kein Glied mehr rühren.

Erwachsene hingegen, die schon alle anderen Enttäuschungen hinter sich haben, sind mit dem Sex am Bildschirm bestens bedient, denn hier wird für jeden Geschmack gesorgt.

Für Masochisten sind grundsätzlich alle diese Filme geeignet,

denn das Zuschauen ist immer eine Qual. Für Lederfetischisten gibt es Streifen wie »Drei Lederhosen in St-Tropez«. Für Studienräte »Blutjunge Schülerinnen«, für Gynäkologen »Mädchen beim Frauenarzt« und für Gourmets »Griechische Feigen«. Und selbst wenn der Titel ausdrücklich besagt: »Das Berühren des Dudelsacks ist verboten!«, weiß man schon, daß jetzt das Schottenröckchen gelüftet wird.

Ja, es gibt kein Tabu mehr, das im Fernsehen nicht radikal und rücksichtslos gebrochen würde. Selbst die Liebe zum Tier, die als Sodomie so einen schlechten Ruf hatte und als Zoophilie wenig praktiziert wurde, weil sie kaum jemand aussprechen kann, wird endlich ins rechte Bild gesetzt. Da fragt kein Hund mehr lange: »Wer will mich?« Da ergreift er selbst die Initiative. Oder was würden Sie in einem deutschen Sexfilm erwarten, der den Titel trägt: »Wenn die prallen Möpse hüpfen«?

Ei, sieh da!

Die Psychologen, ohne die wir alle schier nicht mehr auskommen könnten, haben uns im Lauf der Zeit zahlreiche Methoden erschlossen, die uns den Charakter eines Mannes sowie seine Eignung zum Liebhaber oder Gatten blitzschnell verraten.

- Wenn er braune Tapeten bevorzugt, ist er wahrscheinlich ein starker Raucher.
- Wenn ihm das Benzin nicht in einer einsamen Waldgegend ausgeht, sondern mitten auf der Autobahn, ist er vermutlich ein Trottel.
- Wenn er während des Geschlechtsverkehrs seine Frau anruft, ist er möglicherweise verheiratet.
- Wenn er Sie jeden Vormittag zur selben Zeit besucht, ist er ziemlich sicher Briefträger.

So und ähnlich lauten die unzähligen Tips, die den Frauen in allerlei Illustrierten gegeben werden, damit sie mühelos das Rätsel Mann knacken können. Eine der allerschönsten Methoden stammt von der US-Psychologin Dr. Beryl West. Sie meint, das Frühstück nach der Liebesnacht enthülle oft mehr über den Charakter des Mannes als die vorangegangenen Stunden. Man brauche ihm nur Eier anzubieten, und je nachdem, welche Zubereitungsart er bevorzugt, weiß man, mit wem man es zu tun hat. Die Ergebnisse, zu denen Frau Dr. Psych. kam, schienen uns ein wenig an den Haaren herbeigezogen, aber die Methode gefiel uns, und wir veranstalteten selbst eine einschlägige Testreihe. Unsere Frühstücksexpertin Lady Pimpernell hat ein Jahr lang Liebhaber und ihre Eier – oder sollten wir besser sagen:

Eier und ihre Liebhaber – getestet. Nun können alle Frauen von ihren Erfahrungen profitieren. Denn Mann ist, was Mann ißt!

Hartes Ei: Ein Mann zum Heiraten – er wird nie schimpfen, wenn Sie die Eier zu lange kochen lassen.

Weiches Ei: Unreif, unselbständig, lebt noch immer bei seiner Mutter. Jeder Mann, der sich schon einmal selbst ein Frühstück gemacht hat oder im Kaffeehaus frühstückt, weiß, daß es so etwas wie ein anständiges weiches Ei nicht gibt.

Rohes Ei: Der moderne Managertyp. Nimmt kleine Genußeinbußen in Kauf, wenn's dadurch schneller geht und er Zeit spart. Auch in der Liebe.

Spiegelei: Egozentrischer Angeber. Ein Mann muß schon rasend in sich selbst verliebt sein, wenn er nach dem grauenhaften Spiegelbild, das ihm eben im Badezimmer begegnete, auch noch ein Spiegelei am Frühstückstisch haben möchte.

Faules Ei: Wenig empfehlenswert. Entweder ist der Mann ein Chinese oder ein Politiker – nur diese beiden Typen kommen öfter mit solchen Spezialitäten in Berührung.

Rührei: Ein Waschlappen. Wenn einer schon beim Frühstück so anfängt, dann überkommt ihn auch im Bett nur die Rührung.

Russisches Ei: Ein Hochstapler und Schwindler, dem man nicht vertrauen sollte: in Rußland sind derzeit gar keine Eier erhältlich.

Fabergé-Ei: Achtung, Gigolo! Ein Mann, der glaubt, daß er für seine Liebesdienste auch noch entlohnt werden muß.

Omelett: Kein geeigneter Liebhaber, zu alt und zu knauserig: will schon beim Frühstück seine dritten Zähne schonen!

Osterei: Idealer Betthase. Starker Rammler – aber nur einmal im Jahr!

Viele Frauen werden sich aufgrund dieser Erkenntnisse natürlich fragen, weshalb sie so einem Kerl nachher überhaupt noch ein Frühstück servieren sollen. Oder vorher eine Liebesnacht. Aber selbst das läßt sich unter Zuhilfenahme von Eiern verhindern. Ein Tritt in dieselben genügt.

Sex und Sonne

Von allen Jahreszeiten, die wir haben – und es werden immer weniger –, ist der Sommer am innigsten mit dem Sex verknüpft. Zwar erspart uns eine mitleidige Natur diese Saison manchmal ganz, aber es gibt auch Jahre, da können nicht einmal die auf absolute Fehlschläge programmierten Wetter-Onkels vom Fernsehen danebenhauen, wenn sie strahlenden Sonnenschein vorhersagen. Früher, als die Erde noch bewohnbar war und die Natur relativ ungezügelt ihren Aufgaben nachkam, wurde hochsommerliches Schönwetter allgemein begrüßt. Heute weiß man, wie gefährlich eine solche Wetterlage sein kann, weil sie extremes Fehlverhalten begünstigt – beispielsweise im Fremdenverkehr!

Der Auslöser für die gröbsten Verirrungen des Geschlechtstriebes ist die Sonne. Sonnenschein regt die Zirbeldrüse auf, und unser unbelehrbarer Körper nimmt sofort die Chance wahr, noch mehr Sexualhormone zu produzieren als sonst. Das Ergebnis davon ist manchmal in Worten gar nicht auszudrücken, und wenn schon, dann nur so wie in einer Schlagzeile der »Kronen Zeitung«: »Weil Untergebener im Finanzamt ihre Liebesschwüre nicht erhörte, drehte sie durch: *Tobende Beamtin biß Polizisten!*«

Der Verfasser des Artikels machte mit voller Berechtigung die Hitzewelle dafür verantwortlich. Und die ist wahrscheinlich auch schuld an seiner Annahme, man könne Schwüre erhören. Also auch auf die Grammatik hat die Sonne einen unheilvollen Einfluß!

Und nicht genug damit. Die Sonne verführt Menschen mit einer latenten Neigung zu Hautkrebs auch noch zu äußerst mangelhafter Bekleidung. Normal übergewichtige Durchschnittsbanau-

sen verursachen dadurch nicht mehr als eine empfindliche Störung der Ästhetik des Landschaftsbildes. Aber wenn junge, wohlgestaltete Mädchen von sommerlicher Entblößungshysterie befallen werden, haben natürlich die männlichen Zirbeldrüsen wieder Hochbetrieb! Da kochen die Hormone!
Aber damit ist die Sonnenenergie noch lange nicht erschöpft. Sie ruft noch eine andere schreckliche Naturerscheinung hervor: den Urlaub! Wenn nun Urlaub und Zirbeldrüse Hand in Hand von uns Besitz ergreifen, kann nur eines herauskommen: Sex in seiner gemeinsten Form! Der Fremdenverkehr!
Wir wollen das zynische Vokabular der Touristikbranche, die eine »Bettenkapazität« rühmt, die Zahl der »Nächtigungen« breittritt oder sogar »kinderfreundliche« Hotels empfiehlt, hier gar nicht erwähnen. Auch nicht die endlose Statistik über »Erlebnisurlaub«, »Abenteuerurlaub« oder Kreuzfahrten. Als Illustration für die verheerende Wirkung des Urlaubs auf die amtlich anerkannte Moral genügt ein Beispiel: 50 Prozent aller Engländerinnen betreiben den Urlaub nur um des Sexes willen! Jede fünfte von ihnen hat, noch ehe sie die Koffer auspackt, einen Kerl zwischen den Laken!
Und das ist ja nun nicht irgendwer! Keine sprachgehemmten Kärntnerinnen, die nicht nein sagen können, oder Ungarinnen, die schon als Kind mit Paprika gefüttert wurden. Das sind Engländerinnen! Frauen wie die Queen oder Margaret Thatcher! Frauen, die Geschichte gemacht haben: weil sie ihren Männern zu Hause nur die Wahl zwischen Impotenz und Homosexualität ließen, gingen die lieber nach Afrika und Indien und gründeten so das britische Weltreich! Und heute? Ein Sonnenstrahl, und sie reißen dem nächsten Gigolo die Bermudashorts in Fetzen!
Außerdem werden im Urlaub auch die meisten Vorsichtsmaßnahmen außer acht gelassen: die Herren fühlen sich anscheinend mit einem Kondom schon zu dick angezogen. Und selbst wenn, weiß man nicht, ob's hält. Die Sommerhitze führt nämlich zu höheren Ozonkonzentrationen. Und besonders Gummi wird durch Ozon schneller spröde und brüchig. Insofern gleicht das Ozon seine Wirkung selbst ein bißchen aus: Schon vorhandene Kinder macht es zwar krank, aber dafür begünstigt es die Herstellung von brandneuen.
Von den übrigen Gemeinheiten der Sonne soll hier gar nicht die Rede sein. Staus, Amokläufe, Hitzeschläge, Verbrennungen drit-

ten Grades, Augenleiden, nächtliche Ruhestörungen und Freiluftkonzerte der Beach Boys oder der Absturz von Charterflugzeugen, das gehört nun einmal zum Sommer. Wirklich schlimm ist und bleibt die Auswirkung auf die Sexualität. Weil man nämlich gerade dann, wenn es viel zu heiß dazu ist, noch so richtig aufgeheizt wird.
Lassen Sie sich also nicht von Reiseveranstaltern und Fremdenverkehrsprospekten zum Mißbrauch Ihrer Triebe aufhetzen! Auch wenn die Zirbeldrüse randaliert: der Rest Ihres Körpers will das gar nicht. Der »Urlaubsflirt«, wie das sinnlose Herumbumsen in mediterranen Fertigteilenklaven von feinsinnigen Touristikverkäufern noch genannt wird, ist im Prinzip widernatürlich. Die Weisen in Tibet haben das schon vor langer Zeit erkannt und gepredigt: im Herbst oft, im Winter immer, im Sommer nie!
Mit dieser klugen Forderung soll dieses Schreckenskapitel einigermaßen hoffnungsfroh ausklingen.
Nur ein kleines Postscriptum scheint noch vonnöten. Denn auch das muß einmal gesagt werden: Die Sonne ist nicht nur gefährlich für die Unterleibspartie, sondern auch fürs Gehirn. Ein Beispiel: Die ehrbaren Frauen von Neptun Beach in Florida haben jetzt eine neue Badeverordnung im Stadtrat durchgesetzt. Wer »oben ohne« oder Tanga trägt, kann Haftstrafen bis zu einem Jahr ausfassen. Begründung: »Wir lassen es nicht zu, daß unsern Kindern das zugemutet wird!« Typisch Sonne!
Wobei man der Sonne allerdings eines zugute halten muß: sie greift nur die Gehirne älterer Damen an und läßt den Nachwuchs unbeschadet. Im Sexkoffer-Institut wurde bislang kein einziger Fall registriert, wo sich Kinder über die Bademode beschwert hätten.

Die Doppelbelastung des Mannes

Der Berliner Tiefenpsychologe Dr. Sontheimer ist über die jüngste Entwicklung in der Männerwelt besorgt, denn er hat festgestellt: »Männer haben oft ein gestörtes Verhältnis zu ihrem Körper. Sie verstekken ihre Nacktheit und ziehen sich im Dunkeln aus . . .«
Da fragt sich doch sofort: Wer hat das Verhältnis so gestört? Und es gibt nur eine Antwort darauf: die Frauen!
Der Mann ist einfach überfordert. Und Sexologen wie Gerti Senger sind nicht unschuldig daran. In ihrer Kolumne »Lust und Liebe« schreibt sie beispielsweise: »Ein Mann kann mit einer Erektion hingebungsvoll einen Lichtschalter reparieren.«
Der Mann im Haus erspart den Schraubenzieher, denkt man da sofort. Aber es stimmt nicht! Nicht einmal unser Elektroschock-Experte Lord Peter, der immerhin den letzten »Internationalen Black & Decker-Wettbewerb für Schrauben und Bohren« gewonnen hat, konnte ohne Zuhilfenahme des Werkzeugkastens, lediglich mit einer Erektion ausgerüstet, unseren Lichtschalter reparieren!
Aber wenn Gerti Senger das schreibt, glauben natürlich Millionen Frauen, sie könnten das jetzt von ihrem Geliebten verlangen. Kein Wunder also, daß sich die Männer lieber im Dunkeln ausziehen, da fällt wenigstens nicht auf, daß der Lichtschalter kaputt ist, und sie müssen mit ihrer mühsam erworbenen Erektion keine unbezahlten Reparaturarbeiten ausführen. Wer einmal sein bestes Stück in den Stromkreis gesteckt hat, weiß doch, daß er mit den handelsüblichen Leuchtstoffröhren ohnehin nicht konkurrieren kann. Und selbst wenn er sein Ding zum Strahlen bringt – das wäre dann doch erst der Anfang. Wer sich einmal als

Gliedwerker ausgezeichnet hat, von dem würden die Frauen doch immer mehr verlangen. Zu guter Letzt müßte er dann mit seiner Erektion noch den verstopften Abfluß reparieren oder Ikea-Möbeln zusammenzimmern!

Nein, wenn die Frauen wieder nackte Männer sehen wollen, die sich nicht scheu im Dunkeln verbergen, sollten sie ihre Fähigkeiten realistischer einschätzen. Und die Beleuchtungsprobleme dem einschlägigen Gewerbe überlassen. Für den Lichtschalter ist der Elektriker zuständig. Ein Erektion ist zu Höherem bestimmt!

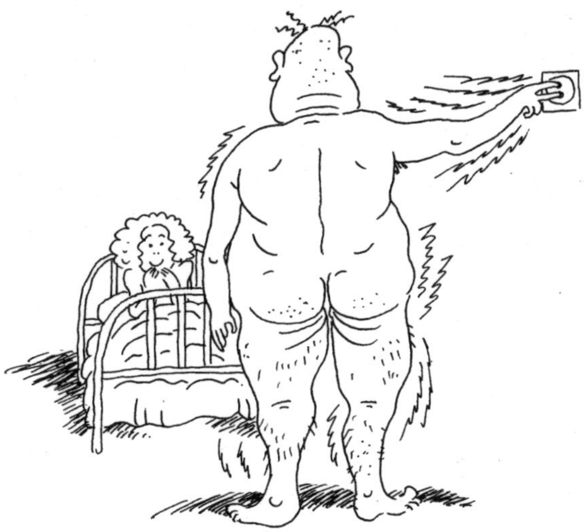

Anregendes

Eine Frage müssen wir hier beantworten, denn sie wird besonders oft an die unermüdlichen Problemlöser vom Sexkoffer-Institut herangetragen: Gibt es tatsächlich wirksame Mittel, um die Liebeslust zu steigern? Wir haben in den letzten Jahren bis zur totalen Erschöpfung getestet und können nun das Ergebnis veröffentlichen: Im Prinzip ja.
Und die erfolgreichsten Aphrodisiaka sind noch dazu billig und immer verfügbar!
Das beste Mittel, um den Appetit anzuregen, ist und bleibt der Hunger. Ins Sexische übersetzt, heißt das: eine kleine Ruhepause erhöht die Gefechtsbereitschaft. Wer bis zum Überdruß bumst, wird bald das Besondere daran vermissen. Was dann übrigbleibt, ist Routine-Gymnastik.
Das zweitbeste Aphrodisiakum ist der Glaube. Nämlich der Glaube an ein Aphrodisiakum. Wenn man fest von der Wirkung überzeugt ist, dann wirkt die Überzeugung selbst. Ganz egal, ob man ein Tröpfchen Krötenblut hinters Ohr schmiert oder gegrilltes Löschpapier verzehrt – der Glaube versetzt Berge. Siegessicher ist schon der halbe Sieg.
Mit harten Drogen sollte man nicht experimentieren. Drogen sind Dreck. Drogen sind eine Flucht aus der Realität, also auch aus der Sexualität. Wer sich mit Drogen einläßt, zerstört nicht nur sich selbst, sondern auch jede Partnerschaft. Und auch die wichtigsten Empfindungen im Leben. Wer seinen freien Willen freiwillig abgibt und gegen einen Schuß Rauschgift eintauscht, ist als Erotikspender leider zum Wegschmeißen. Natürlich fängt das schon beim Alkohol an. Der Vollrausch macht auch den Gemeindestier zur Null. Wenn man nur noch die Vereinigung mit

der Wermutflasche anstrebt, bleibt der Restsex auf der Strecke. Allerdings hat der Alkohol einen Vorteil gegenüber dem Heroin: man muß davon nicht gleich abhängig werden. So kann man ihn in vernünftiger Dosis bis zum hundertsten Geburtstag genießen und hat damit überdies noch ein wohlschmeckendes Aphrodisiakum zur Hand. Ein Glas Sparkling beispielsweise kurbelt den Kreislauf an und senkt die Hemmschwelle – eine ideale Ausgangsposition für nächtliches Erdbeben!

Empfehlenswert sind Spargel, Sellerie – und jedes andere Gemüse, einfach weil's gesund ist. Eine legendäre Potenz kriegt man davon nicht. Auch die geheimnisvolle Ginsengwurzel verwandelt den nachhilfebedürftigen Vorstadtcasanova keineswegs in einen Zuchtbullen. Aber Ginseng ist ein hervorragendes Stärkungsmittel für den ganzen Organismus, da fällt sozusagen als Nebenwirkung auch etwas für das Sexlife ab.

Von vielen Erotomanen wird empfohlen, zur Belebung rohe Austern zu schlürfen. Aus drei Gründen müssen wir jedoch davor warnen: a) es ist unappetitlich, b) es ist sauteuer, c) es ist unsinnig. Die matschigen Meerestiere leben nämlich im Magen noch einen halben Tag lang weiter, und aus lauter Angst, schließlich doch verdaut zu werden, erzeugen sie dort einen speziellen magenunfreundlichen Saft. Der Effekt: Bauchweh statt Beischlaf!

Nun, manche Zeitgenossen fühlen sich unheimlich vornehm, wenn sie Austern bestellen, und glauben damit auch den Franzosen den Rang abzulaufen, die ja bekanntlich l'amour erfunden haben.

Die Franzosen haben sich freilich den Rang schon selbst abgelaufen – das Ablaufdatum liegt wohl schon einige Zeit zurück, denn wer könnte sich wohl Monsieur Le Pen als Erotik-Idol vorstellen? Was den Franzosen aber noch an Liebeskunst geblieben sein mag, das verdanken sie nicht den Austern, sondern den Fröschen! Die Frösche fressen nämlich gern kleine Lebewesen, die Cantharidin enthalten. Ein Gift mit sexuell aufputschender Wirkung, besser bekannt als »spanische Fliege«. In einem Gramm Froschschenkel können bis zu 0,5 Milligramm dieses Aphrodisiakums enthalten sein, und ein echter Gourmet kann schon eine ganze Menge Schenkelchen verdrücken. Natürlich ist Cantharidin ziemlich ungesund. Man kann davon regelrecht verrückt werden. Aber das fällt nicht weiter auf, denn ein

Mensch, der Fröschen die Schenkeln wegfrißt, kann sowieso nicht als normal angesehen werden.
Noch etwas soll bei diesem kurzen Ausflug in die Gefilde der Aphrodite Erwähnung finden. Der Dichter Gottfried Benn hat einmal gesagt: »Potente Gehirne stärken sich nicht durch Milch, sondern durch Alkaloide.« Sokrates hat dabei ein bißchen übertrieben und mit seinem Schierlingsbecher gleich eine tödliche Dosis geschlürft. Auch größere Mengen Strychnin oder Codein können recht letal wirken. Aber es gibt – in kleinen Dosen genossen – auch wirklich anregende Alkaloide: Koffein und Nikotin.
Daß Kaffee anregt und munter macht, weiß man schon lange. Ein einziger Espresso kann die intellektuelle Leistung um bis zu 10 Prozent steigern – und nicht nur diese! Bei einer Untersuchung von Senioren an der Universität von Michigan kam man zu einem frappierenden Ergebnis: Von den Kaffeetrinkern über 60 Jahren waren 62 Prozent noch sexuell aktiv, von den Koffeingegnern nur 37 Prozent! Das heißt, die Espressomaschine im Schlafzimmer AMORtisiert sich rasch!
Eine zweite Form der erfolgversprechenden Alkaloidvergiftung ist das Rauchen. Wir wollen hier niemanden zum Tabakgenuß verführen, aber Sexkoffer-Leser sind ohnehin reife Menschen, die selbst wissen, welchen Versuchungen sie erliegen möchten.
Jedenfalls kann man es nicht verschweigen: »die Zigarette danach« gehört zu den klassischen Sexsymbolen. Für manche ist sie das Dessert, für manche der eigentliche Höhepunkt, ja manche nehmen die ganze anstrengende Strampelei nur deshalb auf sich, weil der stille Genuß traumverlorenen Rauchens winkt.

Wie unser Nikotin-Sachverständiger Lord Peter nachweisen konnte, liegt auch eine tiefe Bedeutung darin, zu welcher Zigarette man nach dem Liebesakt greift. Wir können hier aus Platzmangel nicht alle Marken einbeziehen, sondern wählten nur ein paar Sorten, die in Österreich erhältlich sind. Und was denken sich Menschen nun dabei, wenn sie »danach« zu folgenden Marken greifen:

Marlboro: Holy Smoke! Das war ein anstrengender Ritt!
Melody: Dieses Stück hätte auch Satchmo nicht besser blasen können.
Mentholzigaretten: Die Beziehung beginnt langsam abzukühlen.
Men: Vielleicht kann ich wenigstens beim Rauchen meine Männlichkeit beweisen.
Milde Sorte 100: Auch nicht sehr stark, aber wenigsten etwas länger!
Memphis: Bei Isis! Ich glaube, ich habe eben mit einer Mumie geschlafen!
More: Mehr!!!

Nouveau Sex

Stella Resnick, eine schreibende US-Psychologin, verlangt es nach »Nouveau Sex«. Und sie schreckt auch nicht davor zurück, das noch näher zu definieren: »Sex soll in den 90ern die Funktion der Nouvelle cuisine der 80er übernehmen.« Eine gefährliche Drohung! Wir kriegen Sex nur noch in winzigen Portionen und müssen einen horrenden Preis dafür bezahlen! Alles Dekoration und kein Inhalt! Und wir müssen den Köchen, die das Feinste vom Feinen so lange pürieren und faschieren, bis daraus ein Mußß entsteht, das unsere Geschmacksnerven genauso erregt wie der Verzehr von Altpapier, noch kniend Dank sagen. Auch wenn man völlig unbefriedigt von dannen zieht!
Deshalb die Sexkoffer-Empfehlung: Meiden Sie die 90er Jahre! Erst ab dem Jahr 2000 mundet Sex wieder wie hausgemacht!

Wo bleibt das Positive, Herr Sexkoffer?

Vermutlich haben die völlig neuen Erkenntnisse, die dieses Buch in so verblüffender Vielfalt bietet, so manchen reifen Leser bewogen, mit dem Sex nun endgültig Schluß zu machen.

Dazu kann man nur gratulieren! Wer dem Sex entsagt, spart Geld, Zeit, Nerven und Energie. Man entdeckt ein völlig neues Leben. Endlose Mußestunden, in denen man ohne Hast und Getriebenheit Socken waschen oder die Gesammelten Werke von Rabindranath Tagore durchschmökern kann. Neue Hobbys, wie die Unterwassermalerei oder das Sammeln von Zinnkrügen aus Plastik. Kein Ärger mehr mit eifersüchtigen Orientalen und betrogenen Ehepartnern, kein sinnloser Kräfteverschleiß mehr beim Üben für »Wetten, daß ...« Und außerdem: über allem, was ruht, ruht auch noch der Segen der Kirche! Keine Angst mehr vor dem Teufel, weil man heimlich ein Verhüterli aus dem Automaten gezogen oder jemandem das Schamhaar zerwühlt hat!

Freilich, alle schaffen es einfach nicht! Manche Menschen kleben an ihrer Sexualität wie die Fliegen am Leim. Und jetzt fragen sie verzweifelt: Gibt es für uns denn gar keine Entschuldigung? Hat der Sex nicht irgendwo, irgendwie, irgendwas Positives?

Auch wenn man solchen Hoffnungen nicht unbedingt Vorschub leisten soll – wir wollen niemanden, der sich in letzter Not an das Sexkoffer-Institut gewandt hat, ungetröstet von der Schwelle weisen. Und so ist es uns nach jahrelangen, furchtlosen Forschungen gelungen, einige Fakten ans Tageslicht zu bringen, die den zumindest sporadischen Einsatz der körpereigenen Sexualität durchaus empfehlenswert erscheinen lassen.

Und das sind die Pluspunkte der Sexualität, aufgelistet von unserem Extrem-Experten Lord Peter:
Nach neuesten Erkenntnissen, besonders von Isidore Ziefenstein, kann schon eine innige Umarmung Wunder wirken. Das wußte man zwar schon immer, aber jetzt weiß man auch, warum das so ist: Bei der Umarmung werden im Körper Endorphine ausgeschüttet, das lindert Schmerzen und macht fröhlich. Wer also in seiner Hausapotheke ständig einen umarmungsbereiten Partner mitführt, erspart der Krankenkasse hohe Kosten.
Noch gesünder ist nur der Sexualakt selbst. Bei Frauen hemmt er die Faltenbildung, bei Männern die Glatzköpfigkeit. Regelmäßiger Sex ist gut für den Kreislauf und senkt den Blutdruck.

- Sex stärkt die Lunge und die Leber und verhindert Prostataleiden.
- Sex hilft gegen Schlafstörungen und Streßsymptome.
- Sex hilft auch gegen die Versuchung, Sport zu treiben. Das Bumsen genügt als volles Trainingsprogramm für den ganzen Körper – das Schlafzimmer ist das beste Fitneßcenter.
- Sex macht schlank.
- Sex macht schön: Augen und Haare werden glänzender, die Lippen roter, der Busen straffer.
- Und Sex macht sexy! Durch sexuelle Aktivität entwickelt der Körper der Frau einen Lockstoff, der sie für Männer unwiderstehlich macht. Beim Manne hinwiederum steigert ein aktives Geschlechtsleben die Zeugungsfähigkeit.

Apotheker und Kosmetikkonzerne werden uns widersprechen, aber wir glauben: diese kurze Zusammenstellung beweist, daß angewandte Sexualität auch ihre guten Seiten hat.
Und man könnte noch manches Positivum hinzufügen. Beispielsweise erinnert uns der »Body Almanach« daran, daß ein leidenschaftliches Liebespaar beim Sex eine Energiemenge erzeugt, die ausreichen würde, alle Lampen und Elektrogeräte eines Haushalts in Betrieb zu setzen. Also keine Panik mehr bei Stromausfällen – Sie haben immer Ihr eigenes Notaggregat bei der Hand!
Es gibt also doch ein paar Lichtblicke im düsteren Umfeld der Sexualität. Einen davon möchten wir zu guter Allerletzt noch erwähnen: Sex kann auch Spaß machen!
Und wenn sich dann vielleicht noch ein Hauch von Erotik dazuschlägt oder gar ein bißchen Liebe – ja dann kann das Verlangen

danach so stark werden, daß Sie selbst ein faszinierendes Buch wie den »SEXKOFFER« an dieser Stelle zur Seite werfen, ohne die folgenden 120 Kapitel noch gewissenhaft durchzulesen. Weshalb wir sie erst gar nicht geschrieben haben, sondern statt dessen nur groß und unübersehbar

ENDE